这个不可以报销 ①

财务部的森若小姐

[日] 青木祐子 著
邢利颉 译

台海出版社

◇千本櫻文庫◇

◇前言 PREFACE

文库,原本是指收纳书物的仓库和书库,也指收纳书与记事簿,以及不常用物品的小箱子。以前者为例,京浜急行线的"金泽文库站"就是以前镰仓时代北条氏用来收藏汉书用的,"金泽文库"名字的由来便是如此。东京都的世田谷区也存在着收集着珍贵汉书的"静嘉堂文库"。后者则更多地被称为"手文库"。

江户时代以来,可以放入袖袂的小开本书籍逐渐流行起来,被称为"袖珍本"。明治三十六年(1903年),富山房发行了小开本的丛书,起名"袖珍名著文库"。随后,明治四十四年(1911年),讲述战国时代的猿飞佐助和雾隐才藏系列故事的讲谈社"立川文库"发行出版。讲谈是日本民间艺术,以口语化的方式讲述历史故事的形式。而"立川文库"则是将讲谈收录成册集中出版的丛书,据统计,当时刊行量为200册左右。从那时起,文库就脱离了原本的释意,逐渐演变成了现在的类书集丛。

文库说法借鉴了日本出版业界的传统说法。而千本樱源自日本奈良县吉野山樱花盛开的奇景,世人皆称"一目千本樱"来形容樱花美景。千本樱文库的纳入作品皆为日系作品,题材包括推理、悬疑、幻想、青春、文化等类型,正如千本樱满山盛开的绝景。

现代日本，以"文库"命名刊行的丛书系列有200种以上，所谓"文库本"只不过是统称而已。日本传统的"文库本"常用的是A6尺寸的148mm×105mm，也叫"A6判"。千本樱文库的所有书籍将在"文库本"的基础上提升，达到148mm×210mm的开本标准。追求还原的前提下，力图带给读者更清晰的阅读体验。

明治维新以来，日本文坛迎来了爆发期，涌现出了众多文豪级的作家。受到许多名作的影响，日本的出版社也从中受益，得到了突破性的发展。各家出版社为了传承文化、加强创新，纷纷设立了"文学新人奖"，用以发掘年轻作家。"NOVEL大奖"是1983年由集英社主办的公募文学奖，主要以同社的"Cobalt文库"以及"ORANGE文库"的读者为对象，向社会募集优秀作品。投稿作品类型不限，给予作者广阔的创作空间。

青木祐子2002年凭借《我的摩托车》获得第33届"NOVEL大奖"，由此走入了大众的视野。本作《这个不可以报销》是青木祐子创作的最新系列作品，全文通过财务部员工森若沙名子的日常工作内容，向读者展示了职场内部的人情百态。根据原作改编的同名电视剧已经播出，令书中的人物形象更加丰满有趣。一本真实而又轻松的职场小说，还请读者尽情享受。

千本樱文库编辑部

千本樱文库

本格

- 《巫女馆的密室》
- 《圣女的毒杯》
- 《哲学家的密室》
- 《衣更月一族》
- 《美浓牛》
- 《少年检阅官》
- 《宛如碧风吹过》

日常

- 《推理要在早餐时》
- 《会错意的冬日》
- 《喜鹊的计谋》
- 《午夜零点的灰姑娘》
- 《谷中复古相机店的日常之谜》

科幻

- 《电子脑叶》
- 《复写》
- 《蒸汽歌剧》
- 《巴比伦》
- 《里世界郊游》

悬疑

- 《千年图书馆》
- 《鲁邦的女儿》
- 《狂乱连锁》
- 《神的标价》
- 《恶意的兔子》
- 《癌症消失的陷阱》
- 《沉默的声音》
- 《死之泉》

轻文芸

- 《戏言系列》
- 《忘却侦探系列》
- 《弹丸论破雾切》
- 《这个不可以报销》
- 《天久鹰央的事件病历表》
- 《吹响吧,上低音号!》
- 《宝石商人理查德的谜鉴定》

C O N T E N T S

第一话
这个不可以报销！ *001*

第二话
弄错了就得道歉！不，请你道歉，可以吗？ *061*

第三话
你是我的太阳！ *105*

第四话
我刚才发错邮件了，删掉，勿看！ *159*

后 记
真夕代班记 *211*

登 场 人 物 介 绍

·森若沙名子·

财务部员工，进入公司 5 年，27 岁，单身时长 = 年龄，不过她本人认为现在的生活状态正正好好、十分完美。

·佐佐木真夕·

财务部员工，进入公司 3 年，十分热爱公司，但经常因粗心大意而出错。

·山田太阳·

进入公司 4 年，销售部的王牌，嘴甜，会说话。

·中岛希梨香·

销售部策划科员工，和同一批进入公司的真夕关系很好，爱聊八卦。

·大谷咲·

前台人员，23 岁，非常不善于察言观色，不识趣。

·有本玛莉娜·

总务部秘书科员工，大美女。

第一话 这个不可以报销！

第一话 · 这个不可以报销！

"森若小姐——"

下班时分，在天天股份有限公司那狭小的财务室内，响起了一个明快的男声。

此刻的具体时间是五月二十日（星期五）下午五点三十八分。

沙名子已经关掉了自己的笔记本电脑，正打算去把位于自己斜后方的财务部公共电脑也关上。

坐在沙名子对面的同事真夕则背好了包，一边将公司制服的袖子往下捋，一边站起身来。

真夕的工作结束得比较早，毕竟她进入公司才三年，并不会被委以年度决算方面的任务；而另一方面，目前还不到开展月度决算的时间段，因此她整个人都轻轻松松的。眼下，她见这位来客是销售部的山田太阳，便抬眼迅速瞥了一下挂钟，随后对沙名子歪了歪脑袋，用动作表达了疑问：森若姐，怎么说？已经超过五点半了哦。

现在财务部里只留有她们两名成员，部长新发田去参加会议了，还没回来，而另一名成员名叫勇太郎，此刻正窝在会议室里核对年度决算[1]的数据。

---

[1] 年底决算指根据年度预算执行结果而编制的年度会计报告，是预算执行的总结。——译者注

"这是'天堂咖啡'项目的发票,报销就拜托你啦,森若小姐。梅莉女士超啰唆的!你知道她的吧?就是那个'黄金公主',老是搞突然袭击!"

说话的是销售部销售科的山田太阳,他进公司工作已经第四个年头了,现年二十六岁,是销售部男将们之中最年轻的一位,而且也差不多能算王牌销售了。他很喜欢说一些"代号"和"暗语"。

太阳正满面笑容。在一些人眼里他或许称得上是一位出色的男性,毕竟身材壮实又有男子气概,脸上洋溢着运动社团成员般的精气神。此刻他手中捏了一张发票,在自己这张精神的面孔旁甩得唰啦作响。

"是业务洽谈过程中产生的费用吗?"

"没错没错。"

最近,沙名子所在的天天股份有限公司正加大力度提升销售业绩,不少销售部的同仁们都在临下班时抓着发票冲进财务室。

正是为此,财务部才会一直等到五点三十五分才关闭财务软件系统。可明明已经做得这么到位了,却还是有人迟交。

天天股份有限公司是从生产肥皂和化妆品起家的公司。它的曾用名是"天天肥皂",拥有员工一百五十人,其中包括财务部的四名成员,他们被安排在总公司三楼深处的一间办公室里。

"已经在线上录入报销信息了是吗?"沙名子问道。

公司内的财务工作基本上都已经电子化了,唯有一项例外——员工们提交财务相关的申请时,需要在各自使用的终端设备上输入信息,

第一话 · 这个不可以报销!

随后将打印出来的表单送到财务人员手里。

就在五点二十八分时,财务部正好结平了本月的账,包括申请人打招呼说"因为发票不在手边,所以之后补报销"的金额也一起算了进去。

"我光想着得在森若小姐你下班前提交发票,忘记要带报销单过来了,过会儿就回工位上去录入信息啦。"

"不提前录入的话是没法打款报销的啊。"

"都说了过会儿就去弄啦,拜托你呀,反正你们稍微处理一下就行了吧?"

怎么可能?

他分明是知道的,但还是笑着亮出了一口白牙,表情既爽朗又带点撒娇讨好的感觉,看上去根本就没想过自己的请求可能遭拒。

尽管沙名子知道管理员密码,但原则上来说,下班后是不允许员工独自一人操作财务系统的,所以真夕也没有离开,只是把包放在办公桌上,观察着沙名子和太阳的动向。

要是真夕直接下班回家,现在就能以违规操作为由拒绝山田太阳了——沙名子心想道。

不过今天已经是二十号[1],如果拖到下周处理,那么这笔报销实际

---

[1] "今天已经是二十号了"指今天已经是天天股份有限公司的财务部结完本月账目的日期(上文也有提及),即"关账日",而在关账之后处理的当月财务事项实际上还是要算到下个月去。此外,财务每月关账时间一般不会定在月末几天,而是留出一定的提前量,一方面避免常见于月末月初的连休日影响财务工作,一方面也为制作报表报送有关部门腾出工作时间。——译者注

上就会直接顺延到下个月……

而且本月的预算还剩了一些没花完,这下子下个月可要难熬了[1]。从山田太阳这位男同胞平时的经费花销来看,到时候要是超支,报销起来或许会很麻烦。

再加上财务部部长新发田和销售部部长关系很差,尤其是最近这段时间,两人都很忙碌,心情糟糕,一旦起了争执,头疼的还是自己。

思来想去,就因为眼下不是三月或者九月[2],估计也只好受理这笔申请。

"拜托啦,森若小姐!下次请你吃午饭!哦对了,等'天堂咖啡'开张时,我再给你们带五张优惠券过来!"

"——明白了。你先请坐。"

数秒间,沙名子已经得出结论:有时间想这想那的,还是给他报销了比较快。于是便再次坐在了电脑屏幕前。

她打开抽屉,取出防蓝光的无框眼镜,给自己戴上。接着启动了财务软件,打算顺带着把系统所需的信息也一起录入,才不等太阳回自己工位上完成操作呢,反正她本来就不觉得对方真会立刻按要求

---

1 当月预算不花完很容易导致估给下月的预算降低,届时就很可能产生需要花钱但预算不够的问题。——译者注
2 在日本每年四月为新的会计年度起始点,三月和九月一般是需要做会计年报和半年报的时间点,财务部工作会非常忙碌,也会更严格地管理所有会产生数据的行为。——译者注

照办。

真夕耸耸肩,随后也拉开椅子坐了下来。

"真不好意思呀——"

太阳当然是一副料定了沙名子会帮他录入的样子,正"嘿嘿"笑着,同时递上发票。

沙名子左手拿过发票,右手输入数字,但中途却停下了动作。

太阳交来的发票上写着——四千八百日元,章鱼小丸子费。

"森若姐你太好说话了啦!"

从更衣室入口处算起的第二个锁柜上写着"佐佐木真夕",而真夕本人正站在这个锁柜前把紧身牛仔裤往腿上套。

等她们处理完报销,离开财务室时已经六点了。

狭窄的女更衣室位于公司一楼,而隔壁就是仓库。

室内,一排排锁柜一层层地叠放着,挡住了一整面墙,地上则铺满了榻榻米。除此之外,沙发的破损之处还贴着胶带,大大的镜子上刻有"天天肥皂"的字样,收纳柜里也并排塞满了礼仪辞典和老旧的少女漫画,总之这种种内装都毫不值钱。

"山田先生光知道嘴上说得动听。森若姐你就是人好得过头了,销售部的员工才会都卡着点过来报销。换作是我,一旦超过五点半就不收发票了。至于山田先生他呢,身为那位'黄金姐'的对接人,的确很不容易,这我也明白,不过等'天堂咖啡'正式营业之后,可就不会再像现在这么搞了哦?"

"应该吧。"

沙名子含糊地答道。

山田太阳确实嘴上说得动听——而且还有一丝狡黠。

不过她认为不仅山田一人如此,其实大部分员工在进入公司后都会渐渐变得精明油滑起来,等经过三四年便能形成其个人的"独门秘诀"——说到底,这也就是所谓的"人在每个阶段都有每个阶段的样子"罢了。

若太阳因报销申请遭拒而在别处抱怨,那么销售部的吉村部长肯定会大光其火,而财务部的新发田部长就得正面受着并且给出交代,如此一来或许会造成新的麻烦,到头来吃亏的还是财务部一线员工——不过沙名子根本没打算说明个中缘由,反正真夕今后应该也会领悟到这一层的。

山田太阳之所以能那么理直气壮地"任性",倒也不是毫无理由:毕竟他负责的天堂洗浴咖啡店项目(通称为"天堂咖啡")是天天股份有限公司在现阶段推力最强、投入最多的项目。

而他刚才临时提交的那笔报销正是用于招待黄金策划公司的超级大牌——人称"黄金公主"的曾根崎梅莉。这位梅莉女士是一名室内装潢设计师,持有建筑师资质,同时还经营着好几家咖啡店,实力非常雄厚。公司此次的咖啡店项目也是请到了她来出任内部装潢方面的总监。

第一话 · 这个不可以报销！

说到"天堂咖啡"，那可是专门生产肥皂、泡澡粉的天天股份有限公司，某著名制造商的子公司——专注于制造浴缸、浴池及厨房设备的SHINOZAKI，以及黄金策划三家公司的联合项目。

"真夕，他能踩线赶上还算好的，在这种大型项目开展期间，不管是下班回家后还是在休息日，搞不好都会接到电话，要求我们去把前一周的报销给入账。记得在我们公司成为奥运会赞助商之一的那阵子，勇哥可是忙坏了。"

"是打手机吗？"

"我没有把自己的手机号码告诉销售部，所以没收到过他们的手机来电。"

"完蛋了，他们知道我的号码啊，因为希梨香就在策划科嘛！"

正照着那面开裂的镜子重新涂抹粉底的真夕烦恼地抱住了脑袋。

真夕留着短发，剪成波波头，和她的圆脸蛋非常相衬，脚上则穿着厚底款的轻便运动。一身便装打扮的她看起来就像是个有些男孩子气的女高中生，非常可爱。同时，她的妆容也很轻薄，透出肌肤的细腻与光泽。

真夕手中拿着的是"滋润天国·水润保湿升级粉底"，正是天天股份有限公司的新产品，由此可见她有多么热爱公司。

"再过几年，保险箱和发票就由真夕来管理了哦。"沙名子一边说着一边仔细地将针织衫的纽扣扣上。

哪怕工作时间会换上制服，沙名子也不敢像真夕那样穿着紧身牛仔裤来到公司。

"呜哇——不要啦——我做不来的，绝对会对不上数，到时候我要吓得做噩梦了啊。"

真夕整个人都瑟瑟发抖，看上去是真的不情不愿。

这倒不是在自谦，毕竟她粗心犯错的次数确实偏多，比如在用计算器时摁错数字啦，录入数据时输入有误啦之类的。要是她不改正这个毛病，可没法把保管发票和现金出纳的工作交给她来做。

虽然真夕老说自己其实并不想当财务人员，不过骨子里还是相当认真的，只要一有时间就会勤勤恳恳地做笔记、学习业务。包括今天，她也是在准备下班走人的时候留下来干等着，只因为沙名子进行这笔报销操作时，按规定需要有见证人在场。

新发田部长也好，潜心于会计工作十五年之久的勇太郎也好，他们俩都十分看好真夕。尽管她去年九月才调配到财务部来，但他们已经在教她如何看账本、如何做结算了，就和五年前他们指导沙名子的时候一样。

不过，沙名子"学艺"那会儿的待遇其实并没这么细心温和。记得五年前，刚进公司的沙名子被安排进了财务部，而原本在她岗位上的女前辈因为休产假，两人之间都没好好做完交接，就让她开始实操出纳业务了。那阵子她只能靠那位女前辈留下的备忘录来工作。

第一话 · 这个不可以报销!

拜此所赐,沙名子成为公司员工后很快便了解了公司各项业务的现金流入与流出情况。

结果就是,虽说她只比真夕大两岁,可同事们却感觉她俩像差了十来岁。

……她倒不是对自己在同事之间的风评抱有期待,只不过对现年才二十七岁的女性而言,这种认知还是令人心情复杂。

"啊,真夕和森若姐在聊天!我也要加入!"

更衣室的门开了,希梨香飞奔而入,跑到真夕身边。

中岛希梨香属于销售部策划科,是和真夕一起进入公司的。

她俩非常要好,而和沙名子同一批受聘的同事们却全都不在总公司,因此在她眼里,真夕和希梨香这两位后辈十分有趣,会令她心想:"原来拥有关系很好的同期同事是这种感觉呀!"

"你今天有点迟啊,真夕,不是说好会早些下班的嘛。"

"我正准备走的时候,太阳哥来了呀。"

"果然!我看他那风风火火的样子,就猜他是不是去你们那儿报销了。销售人员的下班时间不固定,所以他老搞突然袭击。"

希梨香穿着迷你裙,似乎是想充分展示自己修长的双腿。不过销售部并没有制服,按说她不必来更衣室。大概是和真夕有约,因此才会出现在这里。

"风风火火赶来报销是因为那个'天堂咖啡'项目吧?出了什么问题吗?"真夕问道。

"也不是说出了什么问题。其实，那个'黄金公主'大人很中意太阳，经常把他叫出去，可她明明比太阳大十岁呢。而且我觉得，既然是她主动来约人，那就花她自己公司的经费啊，反正他们有的是钱！总之那女人真让人火大！"

"——那么，我先回去了哦。"

沙名子只想尽可能地远离这类谣言，所以在话题转变为公司内部八卦之前赶紧发话告辞。

"森若姐，不要辞职啊，我没法取代你的，请你一直留在财务部好吗？求你了。"

就在沙名子准备离开更衣室时，真夕凝视着她，非常认真地说道。

沙名子的周末有两大乐事：一是观赏租来的电影；二是用天天股份有限公司的"天堂澡"泡澡粉来泡上一个澡。另外，她会在周六傍晚享用外出归家时顺道买的寿司。

在离她家最近的车站旁有一栋大厦，其地下一楼被打造成了食品卖场——也就是所谓的"地下卖场"。平时，她会去那里买些吐司面包、鲜榨果汁之类的，但每月关账之后的那个周六则是特例。

沙名子很喜欢地下卖场，因为在那里，无论是食材、店员还是顾客，都给人一种光芒闪耀的感觉。

她是在去年秋天刚搬过来时，突然意识到这一点的。当时，她退缩了，可随后又惊讶于自己的胆怯——原来，自己并没有能够融入其中的自信啊！毕竟他们不是自己的父母或弟弟，大家彼此间只是陌路人。

但现在应该没问题了，她可以很自然地融入进去，并在人群中顺流前进。

"幸好我开始独立生活了呢，所以才能克服这些问题。"

沙名子如此对自己说道，随后在经常光顾的寿司店里买了寿司。每一次，她都会买同样的几品。

她抱着装有外带寿司和一周分量食材的环保袋，回到了公寓，开始做晚饭。

其实，沙名子本打算于傍晚时分到家，先稍坐一会儿再开始劳作，但却不知不觉在采购上花去了一个小时，因此她决定跳过休息环节，一回家就直接干家务。

她往锅子里加入汤料，将切好的洋葱用水冲洗一下；还用了两种手法来切萝卜，成品分别用于拌沙拉和做味噌汤。

对于蔬菜，必须合理高效地安排其食用计划，不然很快就会发现根本吃不完，而且也不再新鲜了。沙名子很讨厌把蔬菜放得太久，最后造成"无法食用"或"只能食用一部分"的情况，所以她每次购物时都会搭配好之后几天的菜谱。

她的弟弟仍和双亲住在一起，距离她现在居住的公寓有两站路远，如果骑车的话则需二十分钟。

而她现居的公寓月租金七万日元，是 1DK 户型[1]，附带有一个室内隔层，搭乘电车三十五分钟便可抵达公司。

沙名子从去年秋天起才住进这个公寓，但这里比想象中更宜居、惬意，唯一的不适之处便是在公司时偶尔会被人问及突然想要独居的原因。

"也许是受了美月的影响？因为美月最近好像变漂亮了呢——"

像这种时候，她就搬出和自己一起进公司的研究员的名字。不过拿别人做挡箭牌也让她的心情有些复杂。

准备工作全部完成，她往浴缸里放满水，启动加热功能，打算晚些去泡个澡。今天要用的"樱花浴"泡澡粉是天天股份有限公司旗下"天堂澡"洗浴系列的新产品。

沙名子换上睡衣，一边看着 NHK 电视台的新闻，一边悠闲地吃着寿司。食毕，她收拾了一下，随后开始泡澡。

浸在热水里的同时，沙名子还在脸上敷了面膜。泡完澡后，她又仔细地吹干头发，开始播放租来的《蚁人》影碟。记得她上周看的是《王牌特工》，再上周则是《雨人》——这阵子，沙名子不知为何很热衷

---

[1] "1DK"是一种户型，指一间卧室带一厨房、一饭厅，其中"D"是"饭厅"（dining room），"K"是"厨房"（kitchen），"室内隔层"即现在流行的"loft"式内装，会在距离屋顶较近的地方隔出一层，增加居住者的活动空间和使用空间。——译者注

于观看原片名里带"man"的电影[1]。

趁着播放电影预告片段的当口,沙名子挑选了打算在本周末使用的指甲油。那是一瓶淡紫色的指甲油,里面还带有一些闪闪的亮粉颗粒。

当然了,到周日晚上她就会卸掉这个颜色,然后重新涂上淡粉色。

此刻的肌肤还留有泡澡后的余温,沙名子抓紧搽上乳液,再用美容设备做了一下面部按摩。乳液是用冬季的奖金购买的专柜商品。她并不像真夕那么热爱公司,所以也没有使用公司的"滋润天国"系列。

预告片播完了,她暂停了一下影碟,去到厨房,从冰箱里拿出冰啤酒、卡蒙贝尔芝士[2]和巧克力。她规定自己只能在休息日享用这些美味。

由于摄入的都是冷藏过的饮料和零食,沙名子感到身子有些发凉,便去加热冷冻炸鸡块。她已经提前把它们放进多士炉了,刚才涂上的指甲油也开始凝固,摁下开关的时机正好。

还好今早时间略有空余,她便趁机用吸尘器提前打扫了房间。

---

1 《蚁人》(Ant-Man)是美国"漫威"(Marvel)旗下IP"蚁人"的电影版,由同名漫画原作改编而成,《王牌特工》(Kingsman)是英国特工题材电影,《雨人》(Rainman)是著名美国电影,三部电影的英语原名中都含有"man"这一单词。——译者注

2 卡蒙贝尔芝士(camembert)是一种产自法国的芝士,以地名命名,人气极高,同时也是味道最淡的一种芝士,手感较软,易于在高温下融化,因此适合烹饪菜肴,也适合佐酒直接食用。——译者注

东西全都各归各位，桌子周围一尘不染。

沙名子做完手上该做的事，抱住心爱的靠垫，按下遥控器上的播放键。

她心中想道："我的生活十分完美，现状简直不能更理想了。"

没有任何牵绊，没有任何不足，也没任何过剩。对工作认真负责，按劳动获取报酬，并将收入花在自己身上。

不向公司或他人额外索取，也不对公司或他人额外付出。

沙名子非常喜欢"平衡"一词。比起"公平"，还是"平衡"更易于理解。

所谓"平衡"，即是收入与付出相等，没有差额。无论从哪个角度来说，都未给任何一方造成负担。

这也正是沙名子自身的现状，她对此感到满足。

"我是为了研制出自己心中理想的泡澡粉才进入了现在的公司，所以我已经很满足了，别无所求。"与沙名子一起进公司的同事美月在几年前曾如此断言过。她是一名研究员，尽管人长得很漂亮，但不知为何特别缺乏魅力，真让人觉得不可思议。不过就在一年前，她说自己在公司里交到男朋友了。

"滴哩哩。"

正当沙名子摒除杂念，开始专心观影时，手机响了。

——是短信铃声。她微微皱眉，取过正在充电的手机。

其实她并没有可以在休息日互发短信的朋友，就算有也只能是美月了,不过美月仅会在有事的时候发些措辞冷淡的信息过来,平日里可没有这种兴趣。

即是说,美月和沙名子很相似。

"姐姐,'金枪鱼'吐了。"发信人是沙名子的弟弟龙真。

"我就知道是他。"沙名子心想道。

只不过汇报一下家里的宝贝宠物猫的病情而已,他却用了三个表情符号。

"你先给它喂点水、喂点饭,晚上多观察一下,等明天再说。"

"对了,'金枪鱼'精神还好吗?"

"好得很呢。"

"不能把它带去姐姐你那里哦?"

"当然不行啊,明天我会回一次家,你好好盯着它,别看漏了,等我回来。"

弟弟都已是大学生,可还是一有空就想往姐姐的公寓里跑。"金枪鱼"呕吐其实是家常便饭了,但沙名子还是很担心。

明天要回父母家,这也就意味着出门归还影碟的计划泡汤了。而且要是只关心"金枪鱼"的话,它的妹妹"小蚬贝"就会闹别扭,因此自己必须花时间来平等地疼爱它俩。

要是再多租一部电影就好了,比如那部《超人:钢铁之躯》[1]。

沙名子本打算在周日中午之前把租来的影碟归还给店家,随后在回家路上去那家美味的面包店吃一顿早午餐,下午则边看电影边打扫房间。

其实她是那种凡事都希望按日程计划表走的人,是故此刻有些扫兴。

刚开始凝固的指甲油也蹭花了一点,沙名子心生不快,伸手拿过卸甲水。

不涂淡紫色了,索性放开了做个花哨的款式——就在橙色指甲油上画粉色波点吧!

沙名子再次播放影片。而在她刚开始往一只手上涂指甲油时,手机又响了起来。

"滴哩哩"。

啊——真是的,烦人也要有个度啦!龙真!

"如果'金枪鱼'的情况不对劲,你就跟妈妈去说,然后打电话给我。"——就在沙名子正准备这么回复时,拿着手机的手却顿住了。

---

[1] 《超人:钢铁之躯》(*Man of Steel*)是美国"DC"旗下IP"超人"的电影版之一,由同名漫画原作改编而成。原名中也同样有单词"man"。——译者注

第一话 · 这个不可以报销！

"森若小姐你好！我是山田太阳！"

"抱歉在休息时间找你！"

"我还有一笔报销忘记提交了。"

"能在下周初帮忙处理一下吗？算在这个月的额度里。"

沙名子盯着手机屏幕看了好一会儿。

——什么情况？

——为什么山田太阳有我的邮箱地址？应该是只有财务部的人员才知道的啊。

——他从哪里打听来的？真夕吗？

——不对，真夕虽然有些粗枝大叶，但不会在未经本人允许的情况下泄露对方的私人信息。

沙名子有些不解，不过最后还是回复了。

"这件事我做不了主。"

"请你下周直接拜托我们部长。"

"不行啊，我刚刚已经求过新发田部长了。"

"因为发现自己忘了申请报销嘛。"

"结果新发田部长答复我说，如果森若小姐同意就给报，不同意就不行。"

"会让你很难做吗？"

新发田部长啊——

想起新发田部长那张五官端正但没有生气的脸，沙名子感到一阵脱力。

这位财务部部长对大额数据极为执着，但处理细碎的数据时却会嫌麻烦，动辄就把只有几千日元的单子一股脑地扔给沙名子。

——然而身为部门之长……不，身为一个人，在尚未取得部下本人同意时，就将该部下的个人信息告诉别人，这算什么意思？

——更何况这位部下——也就是我还是一名女性啊，部长难道没有考虑到这一点吗？

——可即使如此，我作为公司职员、社会人，以及拥有常识的日本人，终归是没法回复山田太阳说"确实难做"。

工作进度被拖慢也只能认了。

之后再去敲打太阳和新发田部长吧。

"那请你在下周一中午前把报销材料拿过来，拜托了。我会看着办的。"

沙名子刚回复完，一股不妙的预感却突然袭来，她便紧接着再发了一条信息：

第一话 · 这个不可以报销！

"报销的是什么？"

对方很快传来了回信：

"是主题乐园的门票！"

指甲油已经半干，不太容易卸除；和太阳进行沟通的同时，电影也一直在持续播放，于是此刻的沙名子已跟不上剧情进展了。

她颓然地垂下肩膀，咕嘟咕嘟地喝起了已经有些回温的冰镇啤酒。

山田太阳发来的信息里还带着"太阳公公"的表情符号，金光灿灿，闪闪亮亮。

"唉，请听我说啊，森若小姐！"

太阳就坐在沙名子面前，探着身子向她说道。

对话现场是财务室内。新的一周才刚开始，虽说本月不是决算月，不过眼下刚刚结束月度结算，部门还是会有些忙乱。

勇太郎拧着眉头往空着的会议室去了，留在办公室的财务人员只有沙名子和真夕。太阳坐到了沙名子旁边的空位上。

现在是上午九点。沙名子每天早上都会先确认邮件，可还没查完，太阳就拿着发票过来了。

天天股份有限公司规定的在岗时间是上午八点四十分到下午五点半，尽管也有采取所谓的"弹性工作制"，不过实施对象并不包括财务部。太阳可能是习惯早到公司吧。

"梅莉女士啊，相当活跃好动，她说要是闷在公司里就一个点子都想不出来，希望到处看看；还说要把市内的咖啡店去个遍。但她又没有驾照，要是目的地太远，那自然就由我开车陪着一起啦。"

"就是说，前往主题乐园也是考察的一环吗？"

听到沙名子这么说，太阳满脸都是"你懂我"的笑容。

"那边不是集结了超多的内部装潢风格嘛，听说只要有新的游乐设施开放，梅莉女士就一定会去参观。很令人佩服是吧？像这次她也打算将主题乐园作为参考，运用于'天堂咖啡'的内装，果然是考虑得面面俱到。啊，你知道的吧，'天堂咖啡'这个项目现在势头特别好！虽然已经开始施工了，不过我还是希望尽可能为顾客们多做些什么。"太阳说完还点了点头，对自己的发言表示肯定，"如你所知，在'天堂咖啡'的内部装潢上其实还存在争议，有人觉得咱们该把案子委托给更大牌、更靠谱的公司。不过'天堂咖啡'的理念是可以泡澡的咖啡店对吧，客户群体也是女性，我希望她们可以更加轻松自在地为了提升自己的女人味而来，享受洗浴过程。梅莉女士的视角非常多元化，就像善变的幼猫一样，因此对项目来说是十分必要的。而且我也很用心维护好我们的合作关系，像是送'滋润天国'的试用套装给她之类的，而每当这种时候，都会借机邀她出去招待一番。梅莉女士应该很欣赏我吧？"

"应该是呢。"

"那就好。说实话，'天堂洗浴'系列真有点老土！明明是超级

第一话 · 这个不可以报销!

暖心的产品,但就因为给人一股'区区泡澡粉'的感觉,所以才赢不了那些时髦的浴盐啊。可我要是一提浴盐,又会挨研究员们的骂,说泡澡粉才不是'盐'。所以在我看来,'天堂咖啡'项目本身也好,还有把进入公司才第四年的我提拔到这个项目里也好,其实都是为了打破的这种囿于传统的局面。我认为梅莉女士也很理解这一点,而且她是个名人,会上电视、上杂志,找她合作还能具有宣传效应。我跟我们部长说过,借此机会和她搞好关系对公司也是有利的。"

"就是说,你和梅莉女士一起出行,是为了将主题乐园的内部装潢活用在'天堂咖啡',对吗?"

"没错!所以这笔经费是必需的哦,森若小姐你喜欢主题乐园吗?"

"我了解了。"

"其实最近我也在反思自己跟她走得太近了,可能会引起误会,毕竟她是个美女。"

"明白,我会处理这笔报销的,请把它作为六月的份额在线上完成信息录入。"

太阳说个不停,不知道什么时候才会住嘴,沙名子发话掐断了他的话头。

"呃,这可以吗?"

太阳瞪圆了眼睛,明明就是他自己提出的申请。

——没什么可不可以的,只要不是公款私用就没问题。

总觉得太阳的话有可疑之处——可尽管沙名子对这种仿佛在骗取经费似的感觉很是在意,却也不能去判断这笔参观费是否可以作为业务费用予以报销。毕竟审批销售人员的经费是销售部部长和财务部部长的职责。

沙名子感兴趣的只有决算与预算是否相互持平、是否没有出入,以及发票上的数字和类目与线上录入的信息是否一致。

"不过,呃……主题乐园什么的……"

"没有问题,可以作为接待费用报销,但只能计入下个月。"

"哦……不能算在这个月里吗?"

"抱歉,因为今天已经二十三号了,所以没法计入本月。如果必须预支那得另外处理,不过我想山田先生你的经济状况应该还是有余力维持到下个月的。"

"好吧……"

"请在发票背面写上:和'黄金策划'的曾根崎女士一起出行。"

其实沙名子很想叮嘱一句:"就算写错了也别写成'和善变的幼猫一起'。"不过当然不会真说出口。

"森若姐,能帮我看看这个吗?数字对不上啊。"

真夕盯着电脑屏幕,小声说道。

"真夕你稍等我一下——山田先生,写完了吗?"

"好了好了,抱歉啊森若小姐,在你那么忙的时候打扰。"

——真是的,你又不是新员工,别让我多费工夫啊。

沙名子压下了心声，微微笑着说道：

"没事，我也明白你们很辛苦。不过，希望你以后尽量别再用手机来联系我就好。"

"不好意思！其实我当时很犹豫，但因为喝多了，借着酒劲就发短信给你了。"

"你是说，你边喝酒边发送和工作有关的信息吗？"

"果然给你添麻烦了啊，我知道森若小姐你是公私分开主义者，真的不好意思！"

太阳有些失措，几分钟前的高亢情绪仿佛是假的一般，看起来倒也不像是彻头彻尾的粗线条。

"我并没有奉行什么'主义'，只是觉得这笔报销算不上特别紧急。"

"说得也是。"

"森若小姐在吗？"

财务室的大门正敞开着，一名身着便服的女性走了进来。

来者是田中秋子，在公司位于茨城的研究所里负责后勤工作。她的报销申请也同样由沙名子负责。其实她每个月都会专程往总公司跑一趟进行汇报。这可真是个古怪的习惯，明明就能通过网络系统和电话解决。

"我在，请稍等——山田先生，你是从新发田部长那里要到我的联系方式的吗？"

趁着太阳从椅子上站起来的功夫，沙名子温和地问道。

太阳的表情一下子就明朗了起来，真是个好懂的男人。

他瞬间又恢复了平时的状态，满面笑容地说道：

"部门机密！"

——别一口就拒绝回答好吗？

沙名子的脸色有些转阴，但不知太阳是不是没意识到这一点，已经迈着轻快的步伐离开了财务室。

"森若姐，你可真不容易啊。"

工作刚告一段落，真夕便开口了。

秋子带了地方特产过来，是独立小包装的烤年糕片，里头还放了花生粒。真夕正将它们一包包分别放置在新发田部长、勇太郎和沙名子的办公桌上。

财务部也就这四个人，有时会有人来打零工做些杂务，不过今天并没有外人在。

"这也是常有的事，因为今天是关账后的第一个周一。"

"他们啊，要不就在你忙碌的时候扎堆跑过来，要不就一个都不来。抱歉我一点忙都帮不上。"

"不用在意，这类工作如果不是由一个人来专门处理，一旦出错就不容易知道问题出在谁手里。"

沙名子答道。其实她知道在太阳说个没完的时候，真夕是想帮她解围才催她去帮忙的。真夕能有这份心就已经足够了。

沙名子检查着桌上的东西，并将它们一一归位，随后关闭财务软件，站起身来。

"森若姐，你是要去银行吗？"

"去后勤科，查一下公司用车的台账记录，山田先生好像是开车跑业务的。"

"原来如此。"

真夕感到非常佩服。

太阳交上来的发票日期和公司用车的使用记录、汽油卡三者并没有出入，而上周六的目的地则写着"浦安"。

公司其实有好几辆车，不过各员工都有自己的"爱车"，像太阳常开出去的就是一辆白色玛驰轿车。

如果梅莉女士很中意太阳，让他陪着到处跑，但这一切全都是出于工作需要，那倒也挺无聊的——毕竟开着公司用车去主题乐园可真是别有一番凄惨。

沙名子想起自己曾在杂志上看到过曾根崎梅莉，照片里的她穿着黑色的礼裙，看不出年纪，而太阳则感觉像是参加过运动社团的，他们两人要是站在一起可怎么看都不相衬。

试想，如果太阳边开车边像平时那样兴致高昂地大说特说，那谁受得了？梅莉女士的口味还真古怪。

沙名子把记载了用车记录的台账本放回架子上，同时心想道："这么说来，山田太阳他从没解释过为何提交了很多购买章鱼小丸子的发票呢。"

这是和对方约在章鱼小丸子店里洽谈公事，并把章鱼小丸子作为会议茶歇和餐饮来招待对方吗？可能梅莉女士很喜欢吃这种食物吧。

——那我必须得告诉他，下次不要再写"章鱼小丸子费"了，请用诸如"商务洽谈费""礼品费"之类的名目。

"森若姐！"

听到有人在喊自己，沙名子回过头去。

原来是希梨香。

其实她所属的销售部位于二楼，跟三楼的财务部、总务部后勤科都离得挺远，不过她可能是有事要办才上来的。在两人之间还有些距离的时候，她就加快了速度，快步向沙名子走来。

"森若姐，你在忙什么呀？"

"办点事呢，希梨香你怎么过来了？"

"啊——新洗浴产品的方案好像通过了，就是美月姐投入了很多精力的那个产品，有'爱之浴·甜蜜版'和'爱之浴·战斗版'两套，研发理念据说是'爱的温泉'，目标是后年开始发售，只是产品名字还得再想想。"

"这应该是美月起的名。希梨香你负责为这组新品做策划是吧？请尽快提交相关的请款书哦，要是本月内能提交那就太感谢了。"

第一话 · 这个不可以报销!

"明白!还有啊,森若姐——"

沙名子有种不好的预感,不由得警惕起来。

"我有事想找森若姐你商量,能一起吃个午饭吗?"

……我就知道——沙名子心想。

太阳也好,希梨香也好,都来找她。沙名子有时就是会像这样格外有人缘。

希梨香和真夕的关系很好,因此沙名子和希梨香的交流也会比其他女同事来得多些。明明她沙名子就不打算和任何同事混得太熟。

——在一个家庭中,吃亏的总是大女儿啊,因为会被人自说自话地认为是适合商量事情的类型。

"我带便当了。"

"我知道,你看什么时候方便呢?这样吧,我也去买个便当,然后我们去会议室吃好吗?拜托你了森若姐,听我说说吧。"

"不能找真夕商量吗?"

"一定得找森若姐你商量的。"

希梨香扑闪着眼睛,用悲悲戚戚的眼神望向沙名子,刷得长长的睫毛也轻轻颤动着。

还好今天的便当配菜是盐烤鲑鱼——沙名子暗想。

她把便当放在了财务室的迷你冰箱里,所以到晚上应该也不会变质,可以把它原封不动带回家,加点莴苣做成炒饭,当晚餐来吃。

——不过光吃炒饭有点单调，不妨再多做一个中华风味的汤。

——那么回家路上还是顺路去一趟超市得了。而且家里还有佐啤酒的蟹肉棒，应该也能拿来煮汤。

——要是之前没把豆腐全都吃完就好了，今晚还能放到汤里去……

"森若姐，我真的很烦恼啊。"

在离公司有点距离的鸡蛋主题餐馆里，希梨香探出身子，向沙名子说道。

见她只是象征性地扒了两口蛋包饭，沙名子兀自火大了起来，心想："你要是不快点吃，等蛋包饭上的白酱冷却了就会凝住的啊！"

"是因为私事吗？"

沙名子小心翼翼地问道。

她隐约知道希梨香和男友分分合合的，一年到头老是又吵又闹。

不过，沙名子应该是不会接受别人的恋爱咨询的。她找错对象了。

"不是不是，我是要说山田先生啦。就是山田太阳。森若姐你和他关系很好吧？"

"没有啊。"

"是吗？可他不是经常去财务室找你说话吗？"

"因为我负责处理他的报销。山田先生怎么了？"

"唉，谁都没注意到问题啊。我也没和销售部的人说过，所以就来跟森若姐你说了——"

——她是怎么推导出"要来跟我说"的结论的？别对财务人员说些不能和销售人员说的话啊！

沙名子再次在心中默默呐喊。

"——山田先生中了美人计哦。"

希梨香对沙名子揭示了一个"重大秘密"。

沙名子则注视着希梨香。

她稍事思考，并将最后一点蛋包饭仔细地归拢在一起，舀起送入口中，随后说道：

"真想不到这餐这么美味呢，好像是用了好几个鸡蛋做的。"

"所以说！请你仔细思考一下啊，森若姐！这真的是个很不得了的秘密！"

"嗯，我正在琢磨呢——请给我一份餐后红茶。"

"啊，我要咖啡，这个就先撤下去吧，我不吃了。"

希梨香对女服务生说完，便把碟子一推——里面还盛着吃了不到一半的蛋包饭。

沙名子将纸巾往嘴上摁了摁，接着转身面向希梨香。

"所谓'美人计'就是说，有人用美色诱惑山田先生，打算从他身上套取我们公司的情报，对吗？你为什么会这么想？"

"森若姐你明明知道的嘛，就是曾根崎梅莉啦，最近她和山田先生也要好过头了，经常两个人一起去各种地方，山田先生也有好多次出去办事后就直接下班的，连公司都不回一次。这不是有猫腻吗？你不这么认为吗？"

希梨香断言道，迷你裙下的双腿也再次交叠在一起，跷起了二郎腿，整个人都扬扬得意的，仿佛取得大胜一般。

红茶送上来了，沙名子细心地往茶里加入牛奶，不过脑中却盘算着其他事情。

——怎么办？我不该来的。本来想着遇到这种麻烦事最好早点解决，这才答应陪她吃午饭，真是失策。

——她是想问，如果太阳和曾根崎梅莉真的存在深入交往，我会怎么看？

——要是山田太阳把公司的物资、经费挪作私用，或者因为对方是熟人就做出有违公平的交易，那么当然是有问题的，但事实上我们给"黄金策划"开的价很合理，使用公司车辆的时间和前往的场所也都对得上。而且说到底，山田太阳手里根本就没有公司机密或是能够左右交易的权力。

——非要说哪里让我有所在意的话，就是他每次因公外出时都会买很贵的章鱼小丸子。

"曾根崎梅莉女士结婚了吗？"

沙名子姑且一问。

"单身哦，三十六岁，都和山田先生差十岁了，居然还装嫩呢，所以说她很可怕。"

"——这个"她很可怕"的结论又是从哪里来的?"

"单身不就没问题了?如果能确定他们之间存在亲密关系,或许是该换个人和梅莉女士对接比较好,但如果只有眼前这点证据,那我只能劝你别多想了。"

"可是山田先生有女朋友欸!"

沙名子差点把刚喝入口的红茶喷出来。

希梨香盯着沙名子看,继续道:

"所以我也难免会不安嘛。"

真夕对沙名子说起过希梨香的事,她正想回忆一下至今为止听到过的内容,不过失败了。因为她对公司的八卦话题都是左耳进右耳出的。

"我问下哦,那个……"

"怎么了?"

"嗯,没事。"

那位"女朋友"是不是希梨香?——沙名子虽然有这样的猜想,不过没有问出口。

假如对方承认了,那就又是一桩麻烦事了。因为无论太阳和谁交往,沙名子都管不到。

"森若姐,你真的一直都漂亮整洁又有女人味呢。你的恋人一定不会出轨的吧。"

希梨香转变了话题,不知是否看出了沙名子的真实想法。

她似乎有些赌气般地继续架着二郎腿，喝着咖啡，像是在气沙名子的反应和她设想的不一样。

沙名子没由来地起了戒心。

"谢谢。"

"我啊，其实本来就是男孩子脾气，该说是不太想做那些很有心机的事呢，还是说做不来呢？所以总不被人当女孩子来对待，而且看起来也没什么女性魅力对吧。到底赢不过那些'很女人'的女人呀。"

"也许吧。"

"我真不明白该怎么应对这种事情。但森若姐你应该就不会这么迷茫了。如果是你，会怎么做？我是说，如果。"

"嗯……既然已经有女朋友了，那就不该和其他女性交往呢。真想不到山田先生是这样的人，嗯。"

"森若姐你也这么想吗？山田先生最差劲了。"

"如果他真出轨了，那确实差劲。"

"上周六山田先生不是安排了工作嘛，虽然后勤科的用车台账上写的目的地是浦安市，但实际上去哪儿了？森若姐你知道吗？"

"谁知道去了哪里啊。"

"山田先生他没说是主题乐园，是吗？"

——我只负责处理发票，嗯，仅此而已，并不记得具体目的地。

沙名子在脑中把问题一一回答了，随后带着一个若有似无的微笑，站起身来，说道：

"我也不清楚啊,午休时间快结束了,我们得回去了,毕竟这边离公司有点远呢。"

"好的——我还以为森若姐会理解我呢。"

"抱歉啊。"

"没关系。对了,森若姐,我还有件事想问。"

去收银台付完钱,正打算离开店里的时候,希梨香又转身对沙名子如是说。

"怎么了?"

"森若姐你有男朋友吗?"

——拜托你别再问了,我只想早点回公司。

沙名子藏起情绪,摆出笑脸答道:

"没有。"

——嗯,二十七年来都没有。

沙名子回答得很从容,但内心却祈祷着:但愿自己的语调听起来没有挖苦或者妒忌他人的感觉。

"森若!"

新发田部长的声音让沙名子微微一惊。

她正在思考太阳和曾根崎梅莉的事,手上的工作也暂停了。

诚然,人际往来自由,不过一旦把约会的费用算到业务经费里,自己可就不能视而不见了。应该立刻更换项目负责人。

但是她很不想把现阶段还停留在公司八卦层面上的事情告诉自己的部长，搞得像搬弄是非打小报告一样。

暗中找太阳确认可能是最妥善的做法，可去问那个山田太阳又实在太麻烦了。

"——部长你找我？"

沙名子往新发田部长的座位走去。虽说能够理解希梨香对男友花心的担忧，不过她还是怨对方为什么把这种事告诉自己。

"对，是关于'天堂澡堂'的事。"

新发田部长边说着边把文件递给沙名子。

"澡……什么澡堂啊！"

她把话咽了下去。

没错，财务部和总务部的部长们都把"天堂洗浴咖啡店"称为"天堂澡堂"。

她知道他们和销售部长的关系很差，但还是希望公司内部能够使用统一的简称。

"没错，是我处理的，请问是有什么问题吗？"

是山田太阳把私人花销伪装成销售经费的行为败露，进而被管理层挖掘出他和曾根崎梅莉的事了吗？要是领导们认为这件事有问题，那对沙名子而言反倒是帮大忙了。

新发田部长摇了摇头。

他原本就没什么表情，沙名子偷偷叫他"阴沉的C-3PO"，而

第一话 · 这个不可以报销!

且他那副表情越端正,看着就越像个机器人。顺便一提,销售部的吉村部长是"性急的 R2-D2",而且没有腰身。此外,她还在寻觅着"BB-8"。[1]

"倒不是有问题,是我收到了 SHINOZAKI 那边送来的公共浴场免费体验券,对方说可以给'天堂澡堂'提供参考,其实大概是有什么业务上的往来才送券给我们的吧。他们现在给自家温泉的'蓝色 SPA'项目起了个名字叫'蓝之暖浴'来开展业务。我们公司的研究所旁边也开了一家,你下次去研究所办事的时候顺便去体验一次好了。"

新发田部长把几张券交给沙名子,券面以温泉的照片作为背景,还写有"蓝之暖浴"的字样。

"这可以算作是工作吗?"

"可以啊,去过那个温泉之后就直接下班回家吧,不用回公司了,你之前的那段时间也够忙的。"

也就是说,新发田部长给沙名子放了半天假。

他虽然看上去有些冷漠,不过偶尔也会有这种细心之处。在这个

---

[1] "C-3PO"是著名科幻电影《星球大战》系列中的礼仪机器人,外形特征是金色的外壳和面无表情的脸,性格有些神经质。"R2-D2"是同作品中的宇航技工机器人,机智但鲁莽,外形特征是一个粗壮的圆筒。"BB-8"也是同作品中的另一只宇航技工机器人,外形特征是半球形的头部和球形的身子,行动起来会滚来滚去,十分可爱。——译者注

会计年度的头几周,因为要完成上年度的决算,需进行一些数据、资料的核对,沙名子也因此做了分外的工作,为勇太郎提供了支持。

尽管沙名子对此并不介意,毕竟拿到了加班费。

"明白了,我会和田中秋子小姐商量之后决定哪天过去。"

她回到工位上,真夕稍稍凑近,悄悄说道:

"我也拿到那个免费券了,拜托一下部长他好像就会给你一堆券哦。"

"是吗?"

"我想在'天堂咖啡'试营业之前先去这个温泉试试,就当作考察了。它是一年前开张的,场地好像相当大。要不要约上希梨香在下班之后去呢?不过她身材超棒的,和她一起泡澡我可要自卑了。"

真夕果然很热爱公司,沙名子就没有任何"为公司而去体验"的念头。

说到研究所,美月倒是在那里,如果约她,她说不定会一起去试试。

——算了,不能和美月一起去。

——她因为研发泡澡粉的关系,经常会泡澡,可能正是出于这个原因,她的皮肤和身材都好得不像话。

——希梨香的腿更细,但美月的胸部更大;希梨香是施了粉黛的美女,但美月是素面朝天的美女。

而且美月还有男朋友。

最好不要去接触那些可能让自己心生嫉妒的人、事、物。这是女人的处世之道。

"真夕——我问你哦,希梨香的男友是我们公司的吗?"

顺着话题,沙名子姑且问了问真夕。

"是啊。啊!森若姐你中午和希梨香出去吃饭了,是吧?她又说了很多男朋友的话题哦?她就是有这坏毛病。"

"嗯——那个男朋友,是山田先生吗?"

兜圈子说话太麻烦了,沙名子索性直截了当。

真夕似乎愣住了,压低声音答道:

"哎哟——希梨香跟你说了?明明叫我要保密的。嗯……不过也没关系,反正森若姐你嘴巴很紧啦。"

"所以是真的啰?"

"是啊,大概是春天那阵子开始交往的吧,上周六应该也约了见面,不过山田先生突然有紧急工作就赶去公司了。希梨香好像很失落,说想听听森若姐你的意见。"

说到周六,沙名子正是在那天收到了太阳发来的手机信息。

"见面了?在哪儿?"

"这里,她说是和山田先生一起去的,还给我发照片了哦。"

真夕飞快地瞄了新发田部长一眼,随后把套着蓝色皮革套的手机从抽屉里拿出来,偷偷地把照片展示给沙名子看。

照片的背景是一座城堡,希梨香面带笑容,穿着粉色的夏日针织衫,露出了纤细的胳膊;太阳则戴着帽子,帽上还附有一对大耳朵,两人正并肩站在一起。

部长以文件为掩护，正朝她俩那边频频偷瞥，真夕便若无其事地又把手机放回到抽屉里去了。

公司的业务经费不得私用。

出轨也是不行的。既然有了恋人，就要珍惜对方，如果恋人还是同一家公司的同事，那更该加倍珍惜。

不过，证据不足，完全不足。

傻乎乎地一头扎进此类纠纷之中，结果令自己变成八卦的震源——这种局面是沙名子最想要避免的。如果只有眼前这点证据的话，那么还是闭上眼睛，假装没有任何发现为妥。

就好比太阳那种可疑的口吻。在提交主题乐园的报销票据时一个劲儿说不停，只会让人觉得是有事想糊弄过去，不过自己对此还是要采取无视的态度。

"真少见呀，姐姐居然想搭我开的车——"

尽管不愿多想，可沙名子在休息日还是思考着工作上的事，而弟弟龙真则在边上兴奋地开着车。

车子是白色的"英蒂格拉"，车主是沙名子姐弟俩的父亲。

他们正要去开业仅一年的"蓝之暖浴"，地点在郊外，不靠车可到不了。

本来休息日应该要把一周的家务都干完，但爱猫"金枪鱼"的健康状况不佳，沙名子不得不回父母家去看看它。

结果她确定了"金枪鱼"看起来还挺精神的，又陪着非要过来撒娇的"小蚬贝"玩了一会儿。因为龙真要出去买"病号餐"、猫粮，她也就顺便让弟弟载自己出去了。

"我可是很久没去过公共浴场了啊，太开心了。那里差不多就是家可以泡澡的漫咖店[1]吗？而且还摆着姐姐公司的洗发香波，是吧？"

"我们公司不生产洗发香波哦，专做肥皂、泡澡粉和化妆品。"

"我也在用那个'滋润天国'系列，超级保湿啊！像是它的防晒霜之类的，我都跟朋友们推荐了。"

真的假的？居然在这种场合发现一个自家公司产品的粉丝。

龙真刚取得驾照不久，沙名子为求安全，正紧紧抓着车窗的框子。

她曾把自己用不着的"滋润天国"试用品带回父母家，也知道母亲爱上了这套产品，但没想到就连弟弟都用上了。

龙真虽然体格较为矮小，乍看之下似乎是个体弱的人，可实际上参加了大学里的登山社团，因此防晒霜确实是必需品。

他为人勤恳，喜欢猫咪，长相也还不错，要是没有那么喜欢黏着姐姐，应该会颇有异性缘的。

沙名子祈祷着弟弟在大学里可别老提姐姐的事，尤其是在女生面前。

---

1 漫咖店是指店内有众多漫画可供客人边喝饮品、吃点心边阅读的咖啡店。——译者注

"龙真,到了'蓝之暖浴'后你就回去吧,我会自己回家的。"

"欸——为什么?我也泡个澡不是挺好吗?"

"泡澡当然没事,不过你是开车来的,泡完可没法喝啤酒哦,澡堂也是男女分开的。"

"我不喝啦,就想蒸蒸桑拿出一身汗,然后等泡完澡去吃章鱼小丸子,要吃到撑死!"

"……好。"

作为平时照顾"金枪鱼"和"小蚬贝"的报酬,章鱼小丸子已经算是很便宜的了。

章鱼小丸子啊……

这个词又把沙名子拖回到思考中去了,她有些郁闷。

就以在后勤科调查到的信息而论,山田太阳的公司车辆使用记录和汽油卡的消耗量也对得上——这几个月来,他一直在为"天堂咖啡"的项目来回奔走,对工作非常热情。

沙名子认为,即使太阳因私使用公司车辆,并且把约会的花销混入业务经费之中,他至今为止的报销也并非全是谎报。

说到底,希梨香会把男友的这种行为泄露给沙名子就已经很奇怪了,明明她自己还在包庇他。

——山田先生和曾根崎梅莉有猫腻吧?

——等等,如果太阳他真的出轨了,希梨香会做到这一步吗?即使会波及到自己,只因为想要报复对方,就会这么做吗?

第一话 · 这个不可以报销!

——假设希梨香也是共犯,那么她便握有太阳的弱点。

——像前阵子一起吃午饭时,她或许就是借着商量事情的名义来确认主题乐园的门票钱是否算进了报销。

沙名子很希望有问题的只是这笔门票钱。如此一来,只要私下去和太阳沟通,让他把费用退还回来即可。不,其实也不是说退钱就能了事,因为沙名子本人还要再做一些处理,但现阶段进行财务修正尚算简单。

公司也罢,太阳也罢,怎样都好,一旦事情拖久了需要重做结算才是真麻烦。

沙名子递给龙真一枚免费体验券,随后在停车场的入口处下了车。

到底是休息日,停车场满满当当的。

等龙真把车开进去后,沙名子也步入了停车场。

她已经提前在后勤科确认过,今天太阳会使用公司的车,而目的地正是这个"蓝之暖浴"。

她很快便看见了公司的白色玛驰车,都没怎么花功夫寻找。

是和谁一起来的呢?梅莉女士还是希梨香?

沙名子看向副驾驶位,可看了也不知道同行者是谁。

——也可能只有山田太阳一个人。但要是希梨香也在那里就有问题了吧。山田他到底在和两位女性中的哪一位交往呢?

——如果他们约在这家设施里见面,那么对方应该马上就会来的。

——我这趟泡澡之行也能称得上是侦查了吧。

公司这辆玛驰车内乱七八糟的，后座上扔着外套，看起来像是私人衣物。

除此之外，车里还勉勉强强塞进了一个箱子，上面写了"天天股份有限公司"。

不过箱子里却装着一摞摞天天肥皂，码得意外整齐，而且就只剩下三分之一箱左右了，应该是由销售员们在业务中作为样品到处派发的。

总之，山田太阳并没有谎报公司车辆的使用情况。

——其实，山田太阳是值得信赖的吗？

沙名子注视着这堆刚发售不久的天天柚子肥皂，突然产生了这样的想法。

滑头和认真并不矛盾，"天堂咖啡"的筹备工作正在稳步推进；太阳作为该项目的销售负责人，亦和大公司SHINOZAKI以及出了名"难搞"的曾根崎梅莉都建立起了信赖关系。

尽管他有些吊儿郎当，不过仍有填写公司车辆的使用记录台账，并遵守着麻烦的财务操作流程。

此外还有最重要的一点，那就是太阳看起来很享受工作。

假使只有主题乐园这一项费用是公款私用，沙名子也不觉得这趟外出纯属"约会"。

哪怕太阳的同行者是希梨香，她也是和太阳任职于同一家公司的销售部员工，为了给"天堂咖啡"的内装找些参考而和太阳一起出去

第一话 · 这个不可以报销!

看看,也没什么好奇怪的。

好,搞清楚了。沙名子在自己内心的申请书上盖了章,认可这笔门票费用在公司报销的许可范围内。仔细想想,这确实没有任何问题。

沙名子把装了浴巾的托特包晃晃悠悠地提到肩上,朝"蓝之暖浴"的场馆内走去。

她并不喜欢温泉或者公共浴场,因此只打算先去淋个浴,之后就直接前往设有岩盘浴[1]和桑拿房的区域。

要是把这话对"温泉狂魔"美月说了,她一定会瞪着你,用眼神质问着"那你为什么要来'天天'工作?"然而,并没有任何规定说不喜欢温泉的人就不能进入生产泡澡粉的公司啊。

沙名子心情愉快地脱了鞋,正准备去更衣室,却突然停下了脚步。

食堂窗边,有一对情侣面对着面,正在吵架。

沙名子心想着争执的起因大概是争风吃醋,却发现其中一方就是山田太阳。

而另一方则是希梨香。

"为什么?太阳你为什么这么做——"

---

[1] "岩盘浴"是让入浴者睡在含有多种对人体有益元素的天然矿石板上,并将石板加热至42度,岩盘石所发出的远红外线和高浓度的负离子,使人体皮肤深层大量出汗,能有效排出体内中性脂肪、毒素,促进细胞活性化、提高人体的自然治愈力,且益于美容。——译者注

她听到希梨香的声音,整个人都僵住了。

"所以我都说不是这么回事了,我是为了工作啊!"

太阳顾及四周的情况,面向希梨香,压低了声音说道。

他身上穿着西装,手中拿着印有"天天股份有限公司"字样的白色纸袋。

希梨香依然穿着迷你裙,并不是泡完澡出来后的样子;同时,因为她脱去了高跟鞋,导致双腿看起来比平时要粗上一些。

太阳身旁不知为何有个小男孩,目测像是上小学的年纪。此刻他似乎受到了惊吓,瞪大了眼睛,紧紧拽着太阳的衣袖。

"大骗子!老说有工作、有工作,其实根本就没认真考虑过我的事!"

希梨香大声说着,而周围的人则带着些许困惑或是兴味盎然,一瞥一瞥地偷偷观察着这男女二人。

沙名子条件反射般地别开脸。

装不知道,对,就装不知道。此情此景之下,自己也只能这么做了。

沙名子继续往更衣室走,可偏偏在这种时候,她没提前把体验券从包里拿出来。

"售票处在那边哦。"

"啊,我应该有带着票过来的——"

——在停车场给了龙真一张票之后就心不在焉的,我到底怎么了?

第 一 话 · 这个不可以报销！

正在沙名子被体验券拖慢了手脚的时候，希梨香的说话声愈发响亮了："我可是知道的哦！你和梅莉女士一起跑东跑西的是吧！那女人还对你示好了是吧！就连今天也和她两个人一起到这种地方来！"

"不要用'那女人'来称呼梅莉女士啊！而且话又说回来，希梨香你为什么会在这里？"

——我才不想听！

沙名子在包中一阵乱翻。

要不索性去买张票吧？不，不行——沙名子还在顽强抵抗。她倒并非计较金钱，但是反对那种有了免费券还去另买的做法。

"啊——是森若小姐？"

沙名子听到山田太阳在叫自己。

暴露了。她感觉到背后有人靠近了。

沙名子稍稍回过头，只见一个箭头，正指向"女性专用休息室"。此刻她顾不上抽出还伸在包里的手，就直接一个转身往回走去。

"森若小姐，你误会了！"

不知为何，太阳居然追在沙名子后头。

——还误会？笨蛋！亏我还觉得可以相信你，我真傻。

——不要在休息日开着公司的车和女朋友两人一起来公共浴场啊！

——也不要穿着西装吵架啊！就算要吵架也不要拿着印有公司名称的纸袋啊！随便你们私下怎么交往，但不要把约会时花的钱算到业务经费里来啊!

沙名子脑中浮现出了太阳至今为止提交过的所有休息日接待工作的相关发票。

——其实全都是和希梨香一起去的吗?喜欢吃章鱼小丸子的也是希梨香吗?

等下周自己去公司上班时,就找部长揭发这一切!

沙名子边走边盘算着,那些单笔报销金额不满五千日元的还算好处理,但更大额的就难了,得先和管理层进行确认。

真夕现在也很忙,所以这些都只能由自己一人处理,加班是跑不了了,那么今天回家后就去煮一大锅咖喱吧。家里的白萝卜还有剩余,虽说往咖喱里头放白萝卜好像怪怪的,不过也只能这么做了。

"你真误会了!我这是为了工作!和我一起来的是梅莉女士,她现在正在泡澡啊!这里也贴了'天堂咖啡'的海报,我们是来看这里在休息日期间的客流量有多大的,顺便再送上一些柚子肥皂的样品!只不过在我等待梅莉女士的时候,希梨香自己跑过来了啦!"

"不用多解释,详细的我明天会在公司听你说。"

"没办法,我也是有各种无奈的啊!"

"没办法?那申请报销就有办法了?"

"不是这样的!真的是工作需要!我都说你理解错了啊,森若小姐!"

直到刚才还在看太阳和希梨香好戏的客人们此刻又看向了沙名

第一话 · 这个不可以报销!

子,或许都认为她就是这起三角关系纠纷的另一位女主角。

——真是令人难以置信!饶了我吧!我可不该是这样的形象啊!

"为什么啊,太阳,你太过分了!"

幸好,符合这类角色形象的希梨香在后边追着太阳。

"为什么,为什么啊!你果然要选择森若姐吗?明明已经有我了,你就这么喜欢年纪比自己大的女人吗?"

"我都说不是了……"

希梨香哭了起来,太阳则慌了手脚。

就在钻入女性专用休息室的前一刻,沙名子回头看去,只见山田太阳此刻正左一个小学男生,右一个希梨香,被两人扯住不放。他向沙名子投去了绝望的眼神。

在略为幽暗的"蓝之暖浴"女性专用休息室里,沙名子躺在一张单人躺椅上。

她筋疲力尽地闭上眼睛,喝着气泡矿泉水。

"这个,是你自己做的吗?"

听到有人突然向自己提问,沙名子循声侧过头去。

好像在哪里见过这位前来搭话的女性——她正这么想着,随即便意识到,对方正是曾根崎梅莉。

沙名子急忙离开椅背,打算直起身子,梅莉却止住了她,说道:

"哎哟,随意些就好,又不是工作场合。我觉得你的美甲很可爱。

你也是天天股份有限公司的员工对吧，我可以坐你旁边吗？"

"啊——好的。献丑了，这个美甲，是……是只有休息日才会做的款式，完全没有想过会给别人看到。"

沙名子难得前言不搭后语。

她的指甲上有猫咪图案。因为周五晚上时间充裕，她便用指甲油在每一枚指甲上都各画上一只猫，还在猫眼的部分粘了亮片。这款美甲可是沙名子的力作。

右手是"小蚬贝"，左手是"金枪鱼"。其中，"小蚬贝"因为是黑猫，还挺容易画，但三花猫"金枪鱼"就颇费功夫了。

"你是财务部的吗？"

沙名子难为情地掩住指甲，梅莉则有些奇怪地看着她，问道。

梅莉女士像是刚泡完澡的样子，手中还拿着一份章鱼小丸子，看上去松松软软，十分可口，共有八只，盛在一只船形的容器里。

她脸上没有化妆，穿着一身毛巾料的连衣裙而不是黑色礼裙，显得比照片上更年轻。

"是的。"

"山田先生真的是因为公事才来的。他说今天要来这里工作，我请他带上我一起，一直都是这样，不过我也觉得老是这么事事都麻烦他很不好意思。"

"希梨……不对，中岛小姐也和你们一起吗？那个，就是我们公司销售部的一名女职员。"

梅莉笑得有些古怪,答道:

"我认识中岛希梨香小姐,最开始她也一起参加过我们的会议,不过除此之外我就再没见过她。今天倒是在这里和她偶遇了——你不太清楚实际情况吧?我已经听山田先生说了这是个误会,他原本是打算来告诉你这些的。"

梅莉吃着章鱼小丸子,同时看向沙名子,眼神中带有一丝淘气的意味。

"梅莉女士就像善变的幼猫。"——沙名子想起了太阳说过的话,而今天这位幼猫女士似乎非常愉快。

"不过你也不可能接受这种说法对吗?反正我是不会接受的。不过你们的吵架方式可真有趣。"

梅莉哧哧地笑了。

刚才那一幕被她看到了吗?

真是给公司丢脸,沙名子拼命挤出几句话来回答:

"刚才只是碰巧罢了,上周公司给员工发了一些体验券,叫销售人员和后勤人员趁休息日去'蓝之暖浴'看看,我也是因此才会来这里。"

当时希梨香之所以会上三楼,大概和沙名子一样是来查公司用车记录的。

但说到底也是因为这位山田太阳实在耿直过头。沙名子莫名来气,心想道:"你在台账上写个大概的地名不就好了?把预定的目的地写得那么清楚，让希梨香都直接找过来了。"

——又不是新员工，你在这方面就再精明圆滑一点啊！老这样办事，像"章鱼小丸子费"之类的也是，写得那么详细，弄得我都没法子假装被你糊弄过去了！

——不过这些心里话可不能对公司以外的人说。

"没事没事，我反倒是有点同情山田先生了，居然有那样的女朋友。近期的休息日他一直都充当司机，带我到处看。要是得抽时间陪女朋友，早点跟我说就好了呢。"

"还请您不要介意，别把中岛小姐的失礼之处放在心上，那就感激不尽了。以后我们这边也会多加注意的。"

"不过你也看见了哦，不觉得很有趣吗？"

"我并不这么觉得。"

"看别人争风吃醋不好玩吗？"

"不会，我一点都不会这么想。"

"现在又不是工作日，你直说感想也没事啦。你看，像你这个美甲也是休息日专用款式，对吧？"

"真的不好玩，指甲也让您见丑了。"

沙名子边说边握住拳头，把画着猫咪的指甲藏了起来。

梅莉吃着章鱼小丸子，苦笑了起来。

"我啊，其实有孩子哦。"

她突然说道。

第一话 · 这个不可以报销！

沙名子看着梅莉，脑海中浮现出了刚才那个拽着太阳袖子的小学男生。

"那是您的儿子？"

"是的，我很久以前就离婚了，不过最近工作太忙，都没能好好陪儿子，加上我又没有驾照，所以上周六啊——"

"啊，我已经明白了，您不用多说私事。"

沙名子止住了梅莉的话头。

没问题了，已经全都弄清了。

其实就是太阳和曾根崎梅莉母子俩一起去了主题乐园吧。

在沙名子看来，这并不是什么大不了的问题。"天堂咖啡"的室内装潢总监和销售部的项目负责人前往主题乐园寻找参考素材，在行程结束后原地解散，仅此而已。

——而且梅莉女士孩子的门票费用也没有计入报销，我真的什么都不了解。山田太阳是销售部的王牌，取得了合作方的信赖，令对方甚至愿意把孩子也托付给他帮忙照料。

"是吗？那就好。我们第一次碰头谈工作时，我因为不得已而带着孩子，结果那孩子就黏上山田先生了。"

"请您真的别太介意，我是财务人员，只要数字都对得上就没问题了。"

沙名子说得非常干脆。

梅莉微微笑了。

她一边说着"来尝尝",一边非常自然地给了沙名子一颗章鱼小丸子。沙名子接过,吃了。

"您的儿子很喜欢吃章鱼小丸子吧?"

沙名子不禁问道,梅莉一下子就笑开了。

"是啊,喜欢得不得了,结果山田先生就老把碰头的地方定在卖章鱼小丸子的店里,还会买了让我们带回去。他真是太费心了,明明不用这么客气。"

"没事的,山田他自己也很喜欢章鱼小丸子。"

"真的?"

"真的。而且这也是最合适商谈的地点了,一切都能像章鱼小丸子那样圆圆满满的。"

沙名子答道,但还是心想着自己应该没说错话吧,要不然可就麻烦了。

"我儿子还喜欢大大的浴池,可是毕竟不能进女浴池啊,有山田先生在真的帮大忙了。我想把'天堂咖啡'的休息室也打造成可以烤制章鱼小丸子的地方,泡完澡后不是会很想来上一份吗?"

"会的,我也非常喜欢吃章鱼小丸子。"

但沙名子还是有些摸不着头脑,为何自己会和曾根崎梅莉一起聊着"泡澡后享用章鱼小丸子"这种话题。

"那么我先告辞了,以后还请您多多关照我们公司。"

"请您多多关照我们公司"是员工们最常说的话。

第一话 · 这个不可以报销!

沙名子起身前翻了翻包,结果很快就在内侧袋里发现了体验券。为什么刚才都那样翻来覆去地找了却没能找到呢?真是弄不明白啊,这个内侧袋简直像凭空冒出来似的。

趁着沙名子还没完全从躺椅上站起来,梅莉又开口了:

"请问——怎么称呼你呀?"

"我姓森若,是财务部的。"

"我是问你的名字哦,不是姓氏。"

"啊?"

沙名子吓一跳。

自己很少被外人问到名字。

工作五年来,她一直都是"财务部的森若",就算是自己在工作上负责的对象,被对方知道自己的全名好像也有些说不清的奇怪之感。

"沙名子,森若沙名子。"沙名子答道。

"请多关照哦。"

梅莉笑着对沙名子伸出右手,沙名子回握住了梅莉纤小的手。

她从女性专用休息室往更衣室走去,手机又"滴哩哩"地响了起来。

"姐姐,你在哪儿?"

"咱吃了好多章鱼小丸子咧!"

"过会儿你会帮我付钱的哦?我相信你会哒!"

——龙真你什么时候变成关西人了啊？

而他加在短信里的章鱼小丸子表情符号，此刻也正熠熠生辉。

"真夕，你今早和希梨香说过话吗？"

时间已经是周一了。

沙名子估摸着真夕的工作已经告一段落了，便小声向她搭话道。

"说了说了，在更衣室说的。她约我去吃午饭，说有事要和我谈谈。"

真夕一边抹着公司新出的护手霜，一边若无其事地答道。

"这样哦？"

"森若姐你有什么在意的事吗？"

护手霜的香味飘了过来，是清凉的柚子香。"滋润天国"系列以前销售的都是无香料产品，不过最近好像也开始带上香味了。

"我是觉得希梨香最近没什么精神。"

沙名子说道。不过她当然不打算把希梨香的失态告诉真夕。

"啊，是这么回事吗？森若姐你不必在意的，她只是心情不好而已。她啊，有时候就会是这副样子的，大概是和太阳哥处得不好吧，因为太阳他很忙嘛。"

真夕摆了摆手，仿佛这没什么大不了的。

——希梨香和山田先生在交往这件事又是从哪里传出来的？莫非只是希梨香自己说的吗？

沙名子很想这么问,但又不想问出口。如果有弄清的必要,那么日后自然会知道。

"大概吧——真夕,希梨香给你看的那个合照,是在LINE上发给你的?那真的是她和山田先生两个人一起出去玩的时候拍的吗?"

"我觉得就是这么回事啊……照片是她上周六白天发给我的,也没有写内容,就单独一张照片。森若姐为什么这么问?"真夕眨巴眨巴眼睛,说道。

"衣服不对头。照片上的希梨香穿着短袖,可那天明明很冷。"

"哎?啊……请等一下——真的呀!"

真夕从抽屉中取出手机看了看,随后连声音都提高了。

"背景里的其他人也都是短袖,森若姐你眼睛可真尖!"

新发田又从部长的座位上不停地瞥向沙名子和真夕,看来她们最多只能再闲聊个五分钟左右了。

"也许只是巧合。"

"不对——说起来啊,销售部去年夏天搞犒劳大会,整个部门一起去了主题乐园,她还抱怨大热天的为什么去那种地方。在那场活动里,希梨香好像一直和太阳哥凑在一起,合照搞不好也是那时候拍的!"真夕把胳膊支在办公桌上,用手挡着嘴继续说道,"这个照片还真有可能是假证据哦,希梨香有时候就是会做出一些意义不明的举动……"

"是吗?那就没事了。虽然这种做法确实有点不可思议。"

"不过，你为什么会知道啊？"

真夕大惑不解，沙名子则略微歪了歪脑袋。

其实，沙名子自己也一无所知。

"大骗子！老说有工作、有工作，其实根本就没认真考虑过我的事！"

沙名子记得希梨香当时是这么说的。

所以她是被太阳甩了吗？还是两人进展得不顺利？又或者只是她想跟真夕说说自己的单相思？

因为真夕也不是那种直觉特别敏锐的人，所以很容易就能对她开口倾诉。

——希梨香是看到太阳在公司用车的登记台账上写了浦安市，然后给真夕发送了他俩的合照，接着又向我暗示自己正在和太阳交往，以为这样一来便能搞出绯闻了……是吗？

希梨香和太阳关系很好，两人比起同事更接近于朋友。先不论公共浴场的那起纠纷，至少在公司内部兴起两人是一对的说法之后，太阳可能磨磨蹭蹭地也就真会跟她交往了。这就是她的目的吗？

——无所谓，怎样都好啦。

自己真是一思考起这件事来就犯傻。太阳和希梨香谈不谈恋爱，都与她沙名子毫无关系。

"希梨香之前说过想找森若姐你商量些事情，对吧？那次她搞不好也说了些什么哦？"

第一话 · 这个不可以报销！

"有这么回事吗……"

"有哦有哦。"

正当沙名子想随便找个理由来结束话题的时候，电话铃响了。

"你好，这里是财务部。"

"沙名子小姐？"

突然被人直呼芳名，沙名子吃了一惊。

"是的，我是森若沙名子——"

"太好了，我是曾根崎，正好到这附近来了，你忙吗？能一起吃个午饭吗？有一家很好吃的章鱼小丸子店想介绍给你。"

沙名子看了看墙上的时钟——十一点四十五分。

沙名子不时就会像这样格外地有人缘。

"可是我不会开公司的车。"

因为对方搞了突然袭击，沙名子也说了莫名其妙的话。

"啊，没关系哦，我现在到你们公司楼下了，正在一楼的'天天咖啡店'喝咖啡呢，我等你哦，来嘛。"

"好的。"

今天的便当配菜是西兰花和牛蒡肉卷，拖到晚饭时分吃也没问题。

沙名子挂断了电话。

新发田部长和真夕不由自主地注视着她。

"部长，曾根崎女士就在我们公司附近，她约我去吃午饭。"沙名子说道。

新发田部长看着他，面不改色地答道：

"为什么约你啊？"

"是之前山田先生给介绍的。她现在好像正在一楼的天天咖啡店。"

"那你快去吧，晚些回来也没事。"

"好的，那请问——"

——这顿午饭可以报销吗？

"——别忘了拿发票，我想你应该懂的。"

"明白。"

——还真能报销啊？

"来，请用这个。"真夕打开抽屉，拿出一面大大的手持镜，递给沙名子。

沙名子便借用了真夕的镜子，重新整理了一下发型和妆容。随后，她抓着钱包和手帕，挺直脊背，站了起来。

第二话 弄错了就得道歉！不，请你道歉，可以吗？

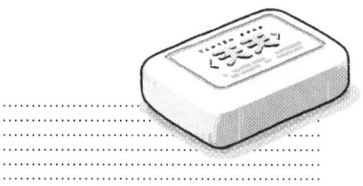

第二话 · 弄错了就得道歉！不，请你道歉，可以吗？

"真的没有任何头绪吗？"

沙名子一边对眼前的两名女性提问，一边仔细观察着她们脸上那微妙的神情。

这里是天天股份有限公司的研究所，位于茨城县樱花市，从东京总公司坐电车过去大约需要一小时。

沙名子正坐在前台再往内的休息室里，和身穿公司制服的前台人员们面对着面。

现在是五点十五分，前台的接待工作已经结束了。

沙名子身旁的是"研究所的田中小姐"——也就是一手包揽了研究所的总务及后勤工作的田中秋子。她正打量着沙名子和前台姑娘们的脸色，似乎有些担忧。

而对沙名子说出"希望你能直接去问问她们"的也正是这位田中秋子小姐。

"真的没有呢。很抱歉，是我们汇报得太迟了。"

两位前台人员中相对苗条的那位答道。

她叫砂川唯美，二十六岁，给人一种典型的前台姑娘的感觉——不讨人嫌，平易可亲。她轻轻软软的齐肩卷发染成茶色，正松松垮垮地扎着；浅蓝色的制服上规规矩矩地别着一枚胸牌，上头写有她的姓氏"砂川"。

"又不是少钱了，我看就这么让它过去呗？"

唯美身旁的另一位前台人员——小咲却开口了。

唯美瞟向小咲，拼命给她使眼色。唯美明显处于诚惶诚恐的状态之中。她明白总公司财务部的人直接过来找派遣制员工[1]谈话意味着什么。

天天股份有限公司的前台也兼有售货柜台功能，前台人员在做好接待工作的同时还要负责出售肥皂、泡澡粉、化妆品的工作。由于这一带没有便利店，所以不光是本公司的员工，还有研究所一楼"天天咖啡店"的客人也会在此消费，就连其他公司的女职员们在手里化妆品正好用罄时亦会飞奔进来购买产品。

但真要说起来，前台的单日营业额撑死了也就几千日元，而现金和商品的相互交付都是在研究所的前台人员和总务人员之间进行，至今没有出过任何问题。

"这不是钱少没少的问题，而是你们对工作有没有尽责的问题。核对营业额时一旦发现对不上就该进行汇报。小咲，虽说你还在试用

---

1 "派遣制"是一种用人制度，由派遣公司根据用工单位的需求通过招聘、筛选后将合格的员工派遣到用工单位工作，此类员工就叫作"派遣制员工"，不属于自己工作的公司的正式人员，合约期短，薪酬待遇和福利等亦不如正式员工。——译者注

期,但也已经在这里上了两个月的班了,按说你是明白这个道理的。"秋子说道,而且还特别强调了"试用期"一词。

"我明白的,秋子姐,所以我最后把钱交给你的时候不是跟平时一样对得刚好吗?那你怎么会知道数字其实有出入?应该只有唯美姐知道啊?"

"小咲,是我告诉秋子姐的。"

唯美的声音小得几乎听不见。明明她才是前辈,然而却散发出一种青涩的感觉。

"咦?为什么?明明你不说出去就没人会知道啊!区区一百六十日元而已,而且我们又没亏钱!"小咲说道。

"她叫大谷咲。"——沙名子心想着,同时再一次看向这位前台小姐。

小咲看起来完全没有任何反省之意,而且沙名子她们分明就在眼前,她还不坐得规矩点,正频频摸脸,一副百无聊赖的样子。她白衬衫的领口处垂着一根细细的金色项链,浅蓝色的西装裙下摆也翻了起来,露出了长筒丝袜的褶皱。

她和唯美一样,把染成深茶色的头发弄卷,再归到一侧扎拢。不过她打理发型的手艺不太好,搞得头发东一撮西一束地翘起来,粉底的颜色也和肤色不相匹配,导致脖子和脸都白得过分。

沙名子听说小咲是二十三岁,不过就凭她那张昏昏欲睡的脸,要说是三十岁都没问题。

而且她明明就挨了骂，可一点都不畏怯，真不知道这算优点还是缺点。

"天真"一词，说的可能就是小咲这种人吧——沙名子做了一番与正事无关的思考。

"这么说来，之前也有过这种情况吗？"

"有时候……是会有点异样。"

唯美的声音依然很轻，而且还带上了一丝慌乱。

"以后我们会注意的，有可能是把找零算错了，如果顾客来联络我们，那我们立刻就把钱还给他们。"

"嗯，不过这也是理所当然的。"

秋子说着，还飞快地瞥了沙名子一眼，用眼神暗示道："森若小姐你怎么说？差不多问完了吧？"

"砂川小姐、大谷小姐，我姑且再请问一下，你们二位自己家里用的肥皂也都是在这里买的吗？"

沙名子又从秋子那里接过话头，向二人提问道。

"是的，我经常买肥皂，如果泡澡粉推出新产品我也是必买的。"唯美答道。

"是用员工折扣价买的吗？"

"是的，打八折，而且全都是我自己使用。不过有时也会送给朋友和家人，因为我真的很喜欢'天堂之浴'的泡澡粉。"

唯美非常会看眼色，听得出沙名子真正想问的是什么。

第 二 话 · 弄错了就得道歉！不，请你道歉，可以吗？

购买公司的产品时，员工可以享受八折优惠，而其余客人则都是按定价付钱。

如果巧妙地利用这一点——也就是员工自己用折扣价买下产品，随后将它们偷偷转卖给客人而不计入营业额，那么就有可能从每块定价一百日元的肥皂中捞取二十日元的好处。

一百六十日元的话，就是八笔差价。前台一天内确实卖得出八份产品。尤其是公司最近新推出了一款叫作"柚子"的肥皂，口碑相当好。

不过看唯美的样子，沙名子也想象不出她会做这种事。

不管是干干净净的米色浅口皮鞋，还是握在右手中的粉色手帕，唯美处处都符合前台人员应有的形象，感觉是一位家教良好的女孩。

"那大谷小姐呢？"

小咲一瞬间横了沙名子一眼，开口说道：

"这个嘛，我不买啊。我家附近的美妆药店里有更便宜的肥皂，'天堂之浴'也有试用品可以拿，也不需要买。"

"有试用品拿？从谁那里拿的？"

"镜姐给的。"

唯美说道。小咲也挺起了胸膛，做出补充：

"没错，就是镜美月小姐，泡澡粉的研究员。"

小咲看起来有些自豪，明明唯美的声音和态度已经越发虚怯了。

"唯美姐有在泡澡粉开发室打工哦，光是泡泡澡就有钱拿不是份美差吗？我也很想做啊，不过他们不答应，我觉得很过分，所以就心想着哪怕给我点试用品也行。"

"试用品是吧？"

那言下之意就是不会给你钱的啊，但小咲并没有领悟到这一点。

"是啊！我心想既然当上了天天股份有限公司的前台，那么肯定会拿到试用品的。像由香姐就一直免费得到'滋润天国'的化妆品哦，她买便当的时候有和一个男的聊到过这事。可是我明明也当上了前台啊，却没有收到过任何东西，连拿点泡澡粉都得靠唯美姐。为什么好事就只有由香姐有份啦？"

"小咲，这和由香姐没有关系哦！"

唯美说道，但小咲一点都不把她的话当回事。

"有关系啊！关系可大啦！由香姐经常来我家的'温馨美味亭'买便当，就是那种放满了蔬菜的汉堡肉饼便当，然后只要半份米饭。她明明就已经很苗条了，哪儿还用得着再瘦呀。其实我非常向往由香姐那样的生活，于是一听说她辞职就想着要过来做前台啦，因为由香姐辞职就意味着有岗位空出来了嘛。虽说没人给我'滋润天国'的东西，不过我好歹也当上前台了，这也挺好的。啊对了，我有个好主意！"

森若小姐——

秋子和唯美已经不再制止小咲了，转而偷偷观察沙名子。只有小咲还没注意到两人神色有异。

"好主意？"

沙名子耐着性子问道。

第 二 话 · 弄错了就得道歉！不，请你道歉，可以吗？

事实上，即使是沙名子也不想担任这种批评人、为难人的角色。

"就把那多出来的一百六十日元扔到捐款箱里去呗？这下钱不就对上了吗？真该一开始就这么做啊，你说是吧，唯美姐？"

小咲说得扬扬自得，唯美则目光低垂，面露难色。

"森若小姐，小咲她不是个坏姑娘。"

秋子回到了位于二楼的行政办公室，脸上带着为难的表情，对沙名子开口解释。

其实沙名子能去和唯美、小咲对话，就已经做得非常到位了。

是秋子先告诉沙名子说前台钱货对不上的问题还没解决，并请她在来这边办事时顺便提醒一下前台的姑娘们。

沙名子本打算问一下详情，心想如果只是单纯的粗心大意那就不予追究了。

毕竟这两位前台人员都不擅长数学，公司也不指望前台人员有财务人员那样的能力。

前台售货的目的并非盈利。它其实是"展柜"的延伸，旨在宣传。因此在财务方面，这笔销售收入会被记入"杂项收入"。同时，前台销售的商品也和公司在用水设备处（如水槽、洗手间等）放置的用品相同，都是由后勤科采购的，所以即便应收金额和实收金额不相符，在财务方面也不构成问题。

"我知道她人不坏。"

沙名子翻阅着手写的记账本,把纸张翻得"啪啦啪啦"作响。

今天她原计划从研究所办完事后直接下班回家,所以身上穿着白衬衫、对襟毛衣、及膝的裙子,而非公司制服。

前台人员通过在记账本上写"正"字来记录销量,管理库存。

前台处的备货数量是固定的——肥皂二十块、泡澡粉三十包、洗衣液十份,以及"滋润天国"系列的每款化妆品各十份。

而根据新产品的销售排期,上述情况可能发生变化,但基本都是在下班时分由秋子去往前台,确认当天的销售情况并补充商品,确保次日一早开张时的备货量与平时相同。研究所的"前台售货"基本就是这样的一套运作模式。

前台一天通常只能卖出几份产品,有时全天销量甚至为零,而销售所得的现金收入则放在前台的手提保险箱里。尽管全程没有收银机和条形码,不过只要用当天的备货量减去下班时的存货量,再将这笔差量对应的应收金额与当天实际收入的金额对比,若两组数字相吻合那便没有问题。秋子会把研究所总务部内部采购的产品数量也一并算上,把钱统一汇入银行,同时每月来总公司一次,将订货清单汇报给沙名子。

"大谷咲小姐入职前从没有发生过钱货对不上的问题吗?"

"倒也不是完全没有。像是记账时出现笔误呀,忘记给顾客找零了之类的,不过每当出现这种情况时,前台人员都会过来汇报,而且只有一两笔出入的话,其实也是说得通的。冈崎由香——呃,现在该叫她泽田由香了,就是之前的前台姑娘,工作做得相当熟练,十分优秀呢。"

沙名子记得小咲刚才提到过"由香"这个名字,是前一任的前台人员。

由香因为结婚而辞职,小咲则是今年春天接替由香而入职的,现在还在试用期,马上就要迎来上岗后的第三个月了。

"这次和平时都不一样吗?"

"是啊,唯美说想请我去提醒一下小咲。她还是头一次讲这种话,所以我也挺吃惊的。可为什么实际收入会高于本子上记的呢?于是我就去问了小咲,但她却说这又没什么大不了的,还打算把那一百六十日元据为己有。"

"总觉得已经不是第一次遇上这种问题了啊?"

"是的……因为金额很小,所以我觉得也不必太较真。"

秋子的语气听起来总觉得是在找借口。

她已经四十五岁左右了,虽说是正式员工,不过原本是一名银行职员。由于她已经在研究所工作了十年,因此比沙名子更加了解实际操作。

"大谷小姐从没用员工折扣买过肥皂吗?"

"应该没有。不过,尽管员工折扣的销售情况会另行记录,但并不会具体到留下购买者的姓名,所以小咲也可能买过。"

"那么折扣价的销量有急速上涨过吗?"

"没有,不是和之前一样就是稍微增加过一些,可这种波动也很正常。"

假设用八十日元购入肥皂,再自说自话以一百日元的价格出售,那么一次就能赚进二十日元。

然而比起这种行为本身,沙名子对于所涉金额之小却更加感到心累。

她眼前又浮现出了小咲那副无甚所谓的表情,说着"区区一百六十日元而已,而且我们又没亏钱"。

事实上,在沙名子和秋子看来,钱多出来了反而比短账[1]来得更讨厌,不过就算这么告诉小咲,估计她也听不明白。

话说回来,沙名子想起小咲特别执着于拿试用品。

这也是很细碎的小玩意儿。

小咲她一定特别喜欢免费的东西,只要能占到一丁点便宜,她都会扑上去的。

"可是,小咲是个好孩子啊。"

是的,会使用那么明显易懂的小心机,正说明她肯定是个好姑娘,因为坏姑娘会做得更加巧妙。

"大谷小姐好像还不太会管钱啊,这是她第一次参加工作吗?"

"不是哦,小咲来这里上班之前,一直都在附近的便当店工作。"

---

1 "短账"即现金实际收入少于账面记录,反过来的情况就是"长账"。——译者注

第 二 话 · 弄错了就得道歉！不，请你道歉，可以吗？

这么说来，小咲确实提到过"便当"。

"是一家叫作'温馨美味亭'的店子，就开在附近的转角上，也是小咲的老家。因为这一带没有其他的吃饭去处，所以我以前就见过她了。当知道她来我们这里当前台人员时我还挺吃惊的，不过应该说是很惊喜吧。毕竟家在附近，调配起来就很灵活，而且她又不怕生，很擅长接待客人，由香小姐倒是比较高冷。"

"我并不认为前台人员需要'灵活调配'啊。"

"你说的没错，不过小咲也因此很有人气哦。像晚上便当店都打烊了，还能帮着送便当过来，而且她当上前台之后，附近那些认识她的人们也会特地跑到我们公司的咖啡店来，顺路见见她。"

——前台人员到底是来干吗的？研究所又不是便当店。

但要是现在开口说出这些话，可怎么听都像是在嘲讽秋子。

"比如有一位在附近工作的女性，她姓笠原，好像会在午餐时间来天天咖啡店喝咖啡。她的腿脚有点毛病，听说之前还在玄关的入口处摔倒了，是小咲从前台飞奔出去把她扶起来的呢。"

"扔着前台的工作不管吗？"

"……是的。"

"还有其他人过来吗？"

"有啊，像是一位带着小孩子的母亲啦，早上散步时过来的老爷爷啦，虽然我不知道他们的名字，不过他们都是便当店的常客，很关心小咲在这里工作得好不好。"

——我是不知道他们到底是熟人还是什么人，但前台人员是禁止私人聊天的，也不能离开自己的岗位。

如果是迫不得已的情况，那么就得把手提保险箱锁上，然后随身抱着走。哪怕箱子里的钱再少，可既然管了钱，就该负起相应的责任。

"人品好"和"优秀"是两个概念，前台人员有前台人员的职责。

在这一点上，之前负责前台工作的由香小姐就是一名优秀的派遣制员工。虽然容貌美丽，不过不会对客人过分亲切、讨好，即使面前有客人摔倒了，也绝不会擅离岗位前去搀扶。

而小咲既不适合做前台人员，也不适合做营业员。

派遣员工的试用期最多就到这个月，如果沙名子把这件事上报给人事部门，那么小咲很可能会被打回派遣公司。

"总之，以后可以请你们记录使用折扣购物的员工姓名吗？"

沙名子合上前台的销售记账本，提出了建议。

"就这么办吧。"

秋子有些失落。

沙名子的心情突然变得温柔起来。

秋子心软，是因为她是一位母亲吧。她当然比沙名子更了解小咲的缺点，但却不希望小咲因此被辞退。

比如今天，她特地叫沙名子去给小咲敲敲警钟，应该也是想让小咲明白事情的严重性，毕竟她自己很难开这个口。前因后果就是这样，不会错的。

第二话 · 弄错了就得道歉！不，请你道歉，可以吗？

就像唯美来向秋子求助一样，其实她和秋子两人都想把"提醒小咲"这一任务交由他人实行。

"大谷小姐为什么想来前台工作呢？"沙名子问道。

她能想象出小咲作为便当店门面的模样，而且那里才更适合她。

"就和她本人说的一样，她很羡慕前台人员——也就是由香小姐。"

秋子的回话声中仿佛透着些许疲惫。

"唯美是可以相信的啦，森若。"

身穿研究员白大褂的美月用公事公办的语调对沙名子说道。

泡澡粉的开发室在研究所副楼的二楼。

美月面前并排放着十二个浴缸，每个浴缸里都放满了热水，而她本人则蹲在它们侧边；她那身白大褂的前片也因为蹲姿而分开了，露出了光溜溜的膝盖。

"你叫她'唯美'？美月，你和砂川小姐关系很好吗？"

沙名子和身为泡澡粉研究员的美月很久没见面了，明明两人有一起进公司的同期之谊，但美月却没有流露出一丝欢迎的意思。不过沙名子也不以为意。

因为对工作中的美月而言，情绪不佳是常态，更何况她现在担任了"全日本温泉系列"泡澡粉的项目研发负责人。

她挽着袖子，把胳膊齐肘泡入一缸橙色的热水中。

美月长长的黑发保养得无微不至，连发丝都顺滑得仿佛能相互摩擦出声。不过她之所以一贯保持着健康靓丽的长发和皮肤，并非出于爱美之心，而是为了检查泡澡粉是否会伤害到它们。

这种感情虽说和"对公司的热爱"有些许不同，不过美月确实把生活也奉献给了泡澡粉的研发事业。

"我有时候会拜托唯美做一些助手的工作，让她试用我新做的泡澡粉，我应该有向总公司报告过这件事。"

"嗯，我明白了，就是那份包含有'研究助理人员费用'的经费明细报告，是吧？原来那位助理人员就是砂川小姐啊。你还会给她一些试用品呢。"

虽然沙名子并不负责"研究开发费用"方面的财务工作，不过她在给勇太郎帮忙的时候曾经看过决算报告。

"是的，唯美是泡澡粉的发烧友，所以还会非常详细地告诉我其他公司的产品使用情况，像是这款很容易起泡啦，那款会让皮肤变得滑滑的啦，为我提供了很大帮助。而且她的皮肤对产品的感觉也很灵敏。"

"那她还真是经常泡澡呀。砂川小姐她自己一个人住吗？"

沙名子看似不经意地问道。

她觉得唯美又试公司的新配方，又拿公司的试用品，又使用其他公司的产品，甚至还会以员工折扣价购买公司的泡澡粉，要是这些都只有自己一个人使用，那用量可有点大过头了。

第 二 话 · 弄错了就得道歉！不，请你道歉，可以吗？

唯美看着小咲的时候似乎在担心着什么，整个人都散发出一种"有所隐瞒"的感觉。尽管别人都认定出错的是小咲，不过也不能排除其实是唯美违反了规定的可能性。"犯人是意料不到的人"这一点在日常题材的推理小说里很常见呢。

——这种想法在沙名子的脑中出现不过一瞬间，可美月却面带不悦地看着她。

"就是会用到这么大的量哦！唯美很喜欢泡澡，在研究所也会泡，在家也会泡，睡前也会泡，休息日也泡在浴缸里看电影、吃饭，要是有空就会去公共浴场泡着，真是个怪人。我一开始还想过她是不是住在公共浴场呢。"

真想不到美月会说别人怪。

"那你对另一个前台人员有印象吗？"

"啊——嗯——那个小个子女孩？我记得唯美说过她办了婚礼还是什么仪式的，对象是化妆品部门的某位同事来着——"

"你说的是泽田由香小姐，已经辞职了。我是问接替她的人，名叫大谷咲。"

"不认识。"

"你没在一家叫作'温馨美味亭'的便当店买过便当吗？"

"偶尔会去右边转角的那家店里买饭团当宵夜。"

"那家就是'温馨美味亭'了。听说他们家的蔬菜汉堡肉饼便当很好吃。直到三个月前，大谷小姐都还是那家店的门面呢——你不记得了吗……"

美月满脸都写着"没兴趣"。其实,她大概压根就没注意到研究所来了新的前台人员。

她把手从浴缸里抽出来,用毛巾擦干,随后在笔记簿上唰唰地写了些东西,又拿着笔记簿走到PH测定器前,开始把新的试作品放到烧杯里溶开。

"森若,总之呢,唯美是个可信的人,所以别让她辞职不干啊。要是她不在这里做了,我可就头疼了。我也不认识另一个前台,你问我也没用,我很不擅长记住别人的长相。"

"那你居然记得住我的脸,真是个奇迹啊。"

"这么说的话——"美月突然停下了手里的活,说道,"我倒是一开始就记住你的脸了,这是为什么呢?"

"因为我们俩是一起进公司的吧,你和砂川小姐一起去喝过酒吗?"

"喝过啊,以前她约我去参加过联谊活动。还有啊,我、唯美、唯美的男友、格马四个人也一起去泡过温泉。"

"砂川小姐可真厉害。"

沙名子头一次对她心生佩服。

美月毕业于工业类大学,几乎没有女性朋友,也不打算去结交女性朋友。连沙名子都没法如此受到美月的喜爱,更别说拖她去参加联谊了。砂川唯美可真不简单。

第 二 话 · 弄错了就得道歉！不，请你道歉，可以吗？

在美月坦白自己的男友就是円城格马时，沙名子着实吓了一跳。现在想来美月交男友可能也是受到了砂川唯美的影响。

美月男友的大名在公司内是保密的。因为格马是天天股份有限公司的高层，所以暴露恋情会很麻烦。

"哎，总之唯美她是个好姑娘。"

美月拿起了放在一边的手机，看上去有点害羞。

她点击手机屏幕，找出了一张两名女性站在一起的合照。

"这个是我们一起去玫瑰园时拍的。"

"美月你居然去玫瑰园？"

"去年我不是开发了一款玫瑰泡澡粉嘛，在那之前去做调研来着。"

"啊，对哦。嗯，我也觉得你是去工作的。"

当沙名子得知美月此行是为了工作时，不知怎的松了一口气。

——总之，我还是希望美月能保持那种超然的姿态。

沙名子意识到了自己的心情，感受有些复杂。

她不想随意对他人抱有期待。因为，人若是对他人怀着期待，而对方却没有将之实现，那么期待者便会对对方产生不满，并认为自己很凄惨，而这种心态便是"不幸"的开端。

"唯美喜欢拍照，以前好像也拉我在前台一起合过影……就是这张。"

美月再次轻触屏幕，点开了一张照片。

这次是三人并排的合影，拍摄地点是研究所的前台前面。

站在左右两边的分别是身穿白大褂的美月和一身公司制服的唯美，而中间则是一位脸蛋小巧的娇小女性。

"这就是由香小姐了——现在重新看看，她还真是个美女呢。"沙名子说道。

她知道由香，不过印象并不深刻。

印象淡薄，就意味着她各方面都没有问题，也不会多说废话——即是说，她非常优秀。

由香的眼睛大而明亮，肤色白皙，身材苗条。

沙名子明白了为何只在便当店见过她的小咲会对她心生憧憬，也明白了为何化妆品开发部的泽田第一次看到她就想和她结婚。

泽田好像是跟由香说过，希望由她来体验"滋润天国"的试作品。因此，天天股份有限公司的化妆品之所以广受好评，由香也是功不可没的。

由香将披肩的长发束拢在一侧，发梢卷卷的，胸前戴着一条金色的项链，上面挂着天使和珍珠的吊坠。

这条项链似乎在哪里见过，跟小咲戴在脖子上的那条很像。

沙名子心想：小咲和由香明明同样染着深茶色的头发，梳同样的发型，连化妆方式也很相似——都画着眼线、刷着浓浓的睫毛膏，但就因为长相和身材不同，结果居然会相差这么多。

"这个人和唯美关系很好，所以在她辞职当天大家一起拍了照。"

沙名子盯着合照看了一会儿，突然向美月询问：

"这张照片是谁拍的？"

"这我倒是忘了。"

"是个大个子的女孩子吗？就是接由香班的人，由香辞职那天她应该也在吧？应该会来办交接之类的。她也有这张照片吗？"

"……啊，是那女孩呀。这么说来，她倒总是和唯美一起待在前台，还一直问我要试用品，挺烦人的。"美月稍作思考，答道。

"试用品？"

不知为何，沙名子背脊一凉。

"是啊，泡澡粉的试用品，像是试作品啦、正式上市销售之前的产品啦。因为唯美急着等产品完成，所以我每次一有新试用品就会拿去给她，这时候旁边的前台姑娘就会说'也给我一点'，虽然我也不是每次都给她，但总会觉得有点烦啊。"

"啊——是有这种喜欢模仿别人的人呢。"

真夕把背靠在办公椅上，手拿装有咖啡的纸杯说道。

她是咖啡的忠实拥趸，尽管公司里备有烧水壶和速溶咖啡，但她在明知工作繁忙的时候，也还是会在外出办事的途中顺便去买一杯纸杯装的咖啡回来。

今天真夕买了便利店咖啡。不过她真正拿出斗志时必饮的"决胜咖啡"其实是上岛咖啡的"乞力马扎罗"[1]，既然今天不喝这款，那么就说明她还没有被工作逼入绝境。

新发田部长不在财务室，而勇太郎则把五月份在休息日加的班折成了休假，今天调休。

要是他今天也出勤，那么就能算入下次的员工奖励，不过年度决算之后迎来的六月还是相对轻松些的，他不必放弃调休，忙着干活。

"不过说是模仿，毕竟大家都穿着公司制服，所以也只能是模仿发型和饰品之类的吧。"

"但这位新前台见过她的前任者，对吗？"

沙名子把具体问题进行模糊化处理后，和真夕聊了聊，因此真夕口中的"前任者"是指由香，"新前台"则是指小咲。

确实，小咲是认识由香的，甚至连由香在便当店常点的餐品都记得；而关于由香其实是天天研究所的前台人员一事，只要她往研究所送过一次便当就会知道了。

小咲擅长记住别人的长相，而这种能力很适用于前台或接待工作。

她见到由香之后产生了憧憬之情，离开便当店转而进入研究所，并在工作上模仿对方的发型和气质。

---

[1] "乞力马扎罗"此处指"乞力马扎罗咖啡"（Kilimanjaro Coffee），产于坦桑尼亚东北部的非洲最高山脉乞力马扎罗山（Mount Kilimanjaro），其咖啡品质优良，香气浓郁，酸味突出，适宜于调配综合咖啡，亦是坦桑尼亚经济的重要命脉。——译者注

第 二 话 · 弄错了就得道歉！不，请你道歉，可以吗？

——可结果，前台的账却对不上了。

"这女孩一定很憧憬那位前任者啊。不过确实是有这类人，他们会因为想变得像对方那样就去学人家。"

"就算长相和体型都完全不一样也要模仿？"

"正因为不一样，所以才要模仿哦。人呢，不就是会憧憬那些自己所不具备的东西吗？森若姐你没有这种经历吗？"

沙名子略做思考，同时把泡了药草茶的马克杯送到嘴边。在不是特别繁忙的时候，她都尽可能减少咖啡因的摄入。

"我应该……基本没有。"

"果然是森若姐呢。"真夕轻轻点了点头，"我啊，就总是在想着希梨香的大长腿真好啊，森若姐的头脑真聪明啊，还有秋子姐的小孩好可爱、老公看起来也很温柔之类的。尤其在和对方只是认识但不算熟悉的时候，更会这么做啦，总之对方和自己越没关系就越会憧憬对方，所以我有去现场看演出，因为自己不可能实现乐队人的那种生活方式啦。"

真意外，由于真夕是个身心健康的人，沙名子还以为她从不拿自身和别人做比较呢。

"但你不会去模仿别人啊。"

"会的啦。像这个，就是看到森若姐你有，我才去买的。"

真夕扯了扯套在手腕上的黑色袖套。

沙名子忍不住笑了出来。

沙名子也有一个黑色袖套。不过最近她不太碰现金了，而工作又以线上操作为主，所以已经很少戴它。

真夕却不喜欢线上系统和电子表格计算软件，勇太郎也是如此。他们都一边输入信息一边在本子上做各种笔记，最后用计算器把数字核算一遍，因此袖套是必备的。

"毕竟一直在做事情，袖口很容易变脏啊，这玩意儿一旦戴上了可就脱不下来了哦。"

"最开始我也觉得它好土啊，不过现在已经习惯了这种土里土气的感觉，这说明我拿出干劲了吗？"

真夕就这样套着黑色的袖套，一脸满足地喝着纸杯里的咖啡。

"那么，要怎么处理这个前台姑娘呢？报告给人事部吗？不过这样一来公司可能就不会跟她续约了。"

沙名子摇摇头，秋子并不希望看到这样的结果。

"不，我也跟田中小姐说了要多加注意，今后应该会有所改善的。"

"那新发田部长怎么说？"

"他说交给我处理了，因为总务部的出纳工作是由我负责的。"

新发田部长的态度很坚决，一听完沙名子的报告，便表态说全权由她决定。估计是对从哪儿多进账一百六十日元这种小事毫无兴趣，真是台名副其实的 C-3PO[1]。

---

1 《星球大战》中的礼仪机器人。——译者注

虽说沙名子很感谢部长对她的信赖，但也很想抱怨对方身为部长却推卸责任。

沙名子又不是人事部的，并不用对年龄相仿的派遣制员工的人生负责，而且也不想负这个责。

"也是呢。反正数目很小，如果对方没有坏心眼，闹到要辞职好像有点可怜欸。"

——但也可能就是故意使坏的啊。

不管数目是大是小，不管是不是带有恶意，光是"数字对不上"这一项事实便足够惹急沙名子了。秋子一定也是这样的心情，因为她和沙名子对待数字相关的事物时，所采取的思考方式是一致的。

不过话虽如此，既然这件事情已经告一段落了，那么生气也只是浪费时间。

沙名子正打算重新看向电脑屏幕，这时，放在抽屉里的手机却震动了起来，发出"嗡嗡"声。

财务部在工作时间禁止使用手机，沙名子、真夕和勇太郎却都会把手机带进财务室，放在某个大家心照不宣的地方。对此，新发田部长也是睁一只眼闭一只眼。不管他这是管理不尽责还是充分信任部下，总之在这一点上大家还是感谢他的。

不过，沙名子的手机居然会有动静，这还真是少见。

真夕有些刻意地装没听到，沙名子便迅速拿出手机，一看，发现是美月发来的短信。

"关于之前聊过的那件事,我拍了照片,这就给你发过去。"
"森若你说的就是这个人吧?"

美月似乎是特地去拍照的,她就是这么说到做到。

附在信息后一起发来的照片上,有三名女性。

以前台为背景,站在中间的是唯美,左右则分别是美月和小咲。因为她俩都是高个子,结果搞得只有唯美一个人看起来像个小孩子似的。

唯美右边的小咲不知为何穿着美月的白大褂,满面笑容。

"小咲她啊,去附近的美妆药店里买了一箱天天肥皂。"

秋子一边用怒气中混杂着疲劳的声音说道,一边下楼朝前台那边走去。

今天进研究所时,沙名子在前台出示了自己的工作证,结果小咲一见就别过头去,看向别处,而唯美则略带抱歉地招待沙名子。

小咲从秋子那里受到了很严厉的告诫,似乎有些生气。看来她终于明白总公司财务部的人员来研究所究竟意味着什么了。

其实不久之前,沙名子给秋子打了电话。

在电话中,她拜托秋子去前台拦住以探望小咲为目的的客人和一路追着小咲过来的人,然后去问问看对方和小咲之间有没有私人买卖

第二话·弄错了就得道歉！不，请你道歉，可以吗？

肥皂的行为。

秋子有些震惊，但仍然低声应了一句，接着便开始执行要求。

没错，要是小咲在倒卖肥皂，那么买方可能是她还在便当店工作时交到的朋友。说不定她自说自话就给人家打了折之类的。

"买了一箱？"

逐级而下的同时，沙名子也提出问题。

"是的，就是春天推出的那款带樱花香味的肥皂，二十份一箱。她把它们作为私人物品放到自己的更衣柜里去了。"

"她本人说'没有卖'是吧？那么，那位姓'笠原'的女士又是怎么回事？"

笠原女士是小咲之前在便当店工作时认识的客人，是一名四十岁左右的单身女性。

她在附近的工厂工作，因为腿脚不便，走不了太远，午餐时间好像一直都是去"温馨美味亭"买便当吃的。自从小咲当上研究所的前台人员起，这位女士买完便当回去时都会顺路到天天咖啡店来和小咲打个招呼。

"笠原女士说，'请不要责备小咲，都是因为我想要肥皂才搞成这样，我会把肥皂还回来，还有至今为止的肥皂钱也都会付清的。'其实是因为小咲最近被唯美批评了，笠原女士得知之后好像很担心她。"

"砂川唯美小姐批评大谷小姐了？"

"是的，唯美在跟我汇报之前，就已经批评过小咲了。"秋子的声音沉了下去，"唯美隐隐约约注意到小咲把肥皂给了熟人，毕竟她俩总是一起待在一个小小的前台，想不发现也难。唯美对小咲说不能做这种容易引发误会的事情，但小咲不仅不听，手提保险箱里又多出了一百六十日元。唯美不知道怎么办才好，于是她赶在小咲的试用期结束前来找我商量了——事情的经过差不多就是这样。不过唯美没有说小咲的不是，她可真是个好姑娘啊。"

原来如此，唯美并没有出卖别人，只不过希望能有更上层的人员来提醒一下这位比自己年幼又不听自己劝告的同事，心想如果她能就此打住即可。应该就是这么回事了。

确实是个好姑娘，但作为前台人员来说又如何呢？

不过，假如唯美是那种会向上司打小报告，把小咲的疏漏捅上去的人，那么美月八成也不会说"可以相信她"。

"那么笠原女士怎么会知道大谷小姐受到了批评呢？"

"笠原女士和小咲的家人们关系很好，大概是从他们那里听来的。小咲突然当上了研究所的前台人员，她家里可能也很担心她能不能做好吧。"

小咲也是好姑娘，她的家人也是很好的人，大家都很关心她。

并且，小咲也是个公私不分的人。

"总之大谷小姐已经认识到把自己的肥皂混放在前台是不对的，是吗？"

"要是那样倒好了。既然她声称自己没有擅自卖肥皂,但一问到为什么把那些肥皂放到更衣柜里时,她又不肯多说了。"

"确实是不会卖的呀,因为卖了也不会产生利益。美妆药店里的肥皂就算便宜的也要九十八日元,网购的话价格会更低,不过得花上送货费呢。"沙名子干脆地说道。

其实在抵达研究所之前,沙名子顺道去了一下车站附近的美妆药店。

按那里的价格,一块肥皂转手也只能赚两日元,因此她不认为小咲是为赚钱才买了那些肥皂。如果想赚差价,那么只要用八十日元的员工价购入即可。

而且说白了,不管有多少熟人来找小咲打招呼,也不可能每天都有人要买肥皂。

"是这么回事呀?那为什么她还到处给人肥皂啊?"

"她给出去的不是试用品吗?"

"森若小姐,你怎么会知道的?"秋子的眼睛都瞪圆了,说道。

沙名子只是灵机一动,结果居然说中了。

因为小咲会模仿别人。继前台小姐之后,她现在向往的是研究员。即是说,她已经不再想做"领取"试用品的人,而是想成为"派发"的人。

"听笠原女士说,小咲讲过要给她试用品,于是她得到了两块新出的柚子肥皂。但之后她知道小咲挨了骂,因此感到非常不好意思,便把一百六十日元还回了前台。不过唯美并没有看见。而小咲又以为是唯美忘了把钱收好,就直接将这笔钱放到手提保险箱里去了。"

"这可真是没法解决了。"

结果大家都是好人。

"笠原女士过得肯定不算富裕,还来的钱也是按员工折扣价算的。这是事实。"

秋子似乎并没有听到沙名子的自言自语,只是轻轻叹了口气,打开了前台休息室的门。

小咲脸色苍白地坐在休息室的折叠椅上。

当她看清来人是沙名子之后,便立刻站了起来。

她的胸前还是垂着那根项链,但却几乎没有化妆,头发也在脑后扎成一根辫子。虽然比浓妆时的模样要朴素不少,不过还蛮可爱的。

"能让我们两个人单独谈谈吗?"沙名子对秋子说道。

休息室的门关上了,沙名子静静地看着小咲。

对面站立时,小咲比沙名子还要高上一个拳头左右。这么说来,从照片上就看得出她和美月差不多高。而且小咲的骨架结实,不管怎样装扮都显得很高大。

"大谷小姐,你是自己花钱买了肥皂然后分送给熟人们的吧?"

沙名子尽可能把话说得自然一些。

小咲吃了一惊。

"我并不打算训斥你,所以请说实话。为什么要这样做?是因为笠原女士说想要吗?"

第 二 话 · 弄错了就得道歉！不，请你道歉，可以吗？

"你怎么知道笠原姐的事的？唯美姐跟你说的吗？"

"是田中小姐从笠原女士那里听来的。笠原女士也是个好人，她很担心你，加上你母亲也提过对你放心不下，她便经常到这里来看看你。另外，我也听说了你在便当店工作时的熟客们会过来找你。"

"秋子姐去找笠原姐问的吗？为什么要这么做？好过分啊，这明明和笠原姐没关系的，秋子姐太过分了。"

令人惊讶的是，小咲竟然对秋子产生了愤怒之情。

"是我提议去问问看的。田中小姐站在大谷小姐你这边，笠原女士也说了会付钱。也就是说，你把自己买的肥皂免费送给了笠原女士是吧？"

"笠原姐也好过分。"小咲咬紧了嘴唇，"唯美姐也是，我还以为她终于不生气了，结果却去跟秋子姐打小报告。"

"砂川小姐没有去告状，她只说保险箱里多了一百六十日元。"

"那为什么要去说呢？把这些钱放到募捐箱里不就完事了？她不多嘴我也不会挨骂，明明春天那会儿她还什么都没说，怎么突然就变卦了。"

"也就是说，大谷小姐你从入春起就在派发肥皂了，而且砂川小姐也是知情的，是吗？"

小咲沉默了。

她有点赌气的意思，而且这次是针对唯美的。

"唯美姐说，比起由香姐，她在工作上一点都不能干，老是装好人，结果根本就不可信嘛。明明她自己也有从镜姐那边拿到试用品。"

"砂川小姐拿到的是试作品,因为她在担任镜小姐的助手。"

"泡澡的话,我也会泡啊,所以那种助手我觉得我也可以做呀!"小咲终于大声说了出来,"这里的人不是也会给自己中意的人发试用品吗?唯美姐、由香姐都拿到过,我也想要的,可是没人会给我。那既然我拿不到,发出去总可以吧?结果收到的人都给了很好的评价,'天天'的口碑也上升了,这并不是什么坏事吧?笠原姐也说之后会一直用天天的肥皂。所以我反倒不明白了,凭什么我做了好事还要挨骂呀?"

——既然她真的不明白其中的道理,那么就不能再给她安排工作了。

要是能这么直说该多好办啊。沙名子心想,不过这种话说出口的瞬间,也就沦为自我满足了。

"——大谷小姐,你很喜欢天天肥皂吧?"沙名子缓缓地说道。

"热爱公司"——这种情怀是沙名子所不太理解的。小咲喜欢天天股份有限公司,以自己能在这里工作为荣,希望能向自己身边的人宣传公司的优点,这些似乎都是出自真心。她的行为之中,只有这部分是值得表扬的优点。

小咲咬紧了牙关。

沙名子也一言不发,两人就这样保持着沉默。两分钟后,小咲开口了:

"鲑鱼饭团。"

沙名子看着小咲的脸。

第二话 · 弄错了就得道歉！不，请你道歉，可以吗？

此刻的小咲，已经是一副快要哭出来的表情，鼻尖上泛着汗光。

"镜姐会来我家买鲑鱼饭团，她的头发总是清清爽爽，身上也香香的。在她看起来很疲惫的时候，我会偷偷给她加一点炸鸡，但我一直都不知道她在哪里工作。当我刚开始做前台后，才知道原来她是这里的研究员。"

——美月身上之所以香香的，是因为她一个劲儿地泡在加了泡澡粉的热水里啊。

"我听说大谷小姐你一直很憧憬泽田由香小姐。"

"之前是这样没错，但由香姐辞职了，我接替她的位置。然后穿着白大褂子的镜姐到唯美姐这里来，一边说这个是试用品，一边把泡澡粉给她，那个样子超级帅气的，我好羡慕啊。"

"所以你也想和她一样是吗？甚至特地去美妆药店买肥皂？"

"柚子肥皂是新发售的嘛，味道真的好好闻，我想让大家都用上。"

小咲几乎是憋出这几句话的。

"笠原姐也不该这么做，来还什么钱呢？没人要她还钱呀。我明明就和镜姐一样跟她说这个是试用品的。她也太不懂人情世故了吧？搞得现在都曝光了。"

这次又是笠原女士不对了吗？沙名子越来越心累了。

为什么小咲总是对那些喜欢她、关心她、护着她的人生气呢？而由香和美月甚至都不知道她叫什么名字。

"那你为什么不用员工折扣来买肥皂？"

"我觉得无论如何都不能这么做。"

会觉得无论如何都不能做，是因为在大部分场合之下，人都持有正确的警戒意识。

幸好小咲的脑中还是存有这样的警戒意识的——沙名子心想道。

真是差一点点就越过红线了。幸好她没有用员工折扣来买东西再免费派发出去。

"我明白了，请你负责好前台人员的工作，以后不要再做这些容易引发误会的事了。也不允许把私人购买的天天肥皂带到公司里来，可以吗？"

沙名子等着小咲回答。

——就说一句"很抱歉，我知道了，不会再犯了"啊，快说啊！

——小咲，快意识到吧，意识到你做了傻事。

"可是……"

"以后绝对不要再这么做了，可以吗？"

沙名子用至今都从未有过的强硬口气说道，而小咲则不情不愿地点了点头，或者说就是做了个点头的动作而已。

"森若小姐，你是搭电车上班的吗？"

两人聊完，小咲伸手搭在门上，打算推开门时突然问道。

沙名子看着小咲，并不明白她提问的意图。

"怎么了？"

"我觉得能搭电车去上班真好啊。"

第二话 · 弄错了就得道歉！不，请你道歉，可以吗？

"家和公司之间有一定距离对你来说或许是件好事。"

沙名子的回答中带着一丝讽刺。

"你们谈得怎么样呀？小咲有在反省吗？"秋子担心地说道。

沙名子来到了研究所二楼的办公室里，坐在办公桌前的秋子一直在这里等她。

办公室很大，午后的阳光照在成排的办公桌上。除了秋子和一名女性临时工，还有几名穿着白大褂或工作服的研究员正伏案作业。

秋子和总公司的沙名子相互合作，承包了所里全体研究员们的财务和后勤相关工作。

"虽然我不确定她是否在反省，但我觉得她应该不会再做这种事了。"沙名子说道。

她认为该反省的人是自己，因为她刚才说了重话。

可明明唯美是向秋子求助，希望她解决问题，她却又把问题踢给沙名子。为此，沙名子简直快要怨恨秋子了。

沙名子明明就只想尽可能情绪平稳、安然无恙地完成工作，领多少报酬做多少事。

"真的很抱歉，没想到她会花自己的钱去买东西发给身边的人。"

这并不是秋子犯的错，但她却十分惶恐。

"大谷小姐好像很喜欢给别人一些特别的好处呢。"

"那个——关于这件事……"

"我得向部长报告，但不会去跟人事说的。"

"说就说呗。"

沙名子往旁边看去，原来插话的是美月。

美月穿着白大褂，正拿着装有咖啡的纸杯站在一边，大概是想稍微休息一会儿。她轻轻靠在没人坐的办公桌上，有些厌烦地抓起了头发。

"也没法说啊，她又没偷公司的东西，如果因为我而害得别人丢了工作，那就太糟糕了。"沙名子说道。

"这是她自作自受吧？"

"大谷小姐也没有恶意，而且她还是美月你的粉丝哦，反正以后你也别给她试用品就是了。"

"我只给唯美试作品啊，成为成品之前的配方其实挺吓人的，我不会乱给别人。森若你今天的工作已经结束了吧？我们去喝一杯呗？"

美月难得会邀请别人。

是想趁机晒晒自己的恋爱故事吗？她果然变了啊。

"不好意思啊，今天不行，我还得回一次总公司。"

"直接下班不行吗？可以的话咱们再去泡个澡，衣服我借给你。"

"你的衣服不全都是短裤吗？"

"我觉得挺适合你的啊。"

——穿着短裤、素面朝天地出去喝酒的职场女性也只有你一个啊，美月。

第 二 话 · 弄错了就得道歉！不，请你道歉，可以吗？

虽然沙名子没有把话说出口，但一边的秋子已经在哧哧偷笑了。

偶尔为之倒也不赖——沙名子这么想道。反正她也有些牢骚想发。约上秋子一起也不错，因为美月海量，而秋子尽管表面上看不出来，可实际上也很喜欢喝酒。

要给新发田部长打个电话，把一些杂活拜托给真夕处理。

随后，她脑海中又浮现出了囤在冰箱里的食材。今天的晚饭还能再存放一阵子，没问题。

——不过喝得再晚，九点也得到家，所以应该几点去乘电车呢？

"财务小姐！财务部的森若小姐！"

正当沙名子在心里盘算着各种事情时，走廊中响起了尖锐的呼喊声。

秋子回过头去，美月也抬起了脸，一同注视着办公室的入口处。

这是小咲的声音——沙名子心想道，同时眼见小咲冲进了办公室。

"森若小姐！"

小咲慌慌张张地四下张望着，头发乱蓬蓬的，制服最上端的扣子也松开了，看来确实是一心只顾着跑上楼来，都不管个人形象了。

她一下子就吸引了全员的目光，办公室内的研究员们也都面带惊讶地盯着她看。

小咲夸张地往四周扫视了一圈，随后定定地看住了沙名子，向她走去。

"大谷小姐，怎么了——"

小咲用力地摇了摇头，不顾会弄脏西装裙，一屁股就坐在地上，大声地叫了出来：

"我没有恶意！一切都是为了公司！我最喜欢天天肥皂了！真的很抱歉！对不起！请原谅我！"

随后，小咲还行了下跪道歉的大礼，额头直接蹭在了地面上。

秋子整个人都僵住了，美月也愣了神，拿着手里的纸杯一动不动。

"小咲你别这样，快站起来——"

"我不要！就不要！"

秋子抓着小咲的手腕，想把她拉起来，而小咲却整张脸都皱成一团，拼命摇着头。

"我无论如何都想让森若小姐知道，我是真心感到过意不去的。对不起！"

——说谎。这种话你之前不是连一句都没说过吗？

研究员们也抬起了头，有人甚至还站了起来。包括一位坐在窗边，皱着眉头盯着电脑的男性在内，大家此刻都看向小咲、小咲边上的秋子，以及沙名子。

"我不想辞职！我一直很向往着'天天'！求你了！别让我走！森若小姐，求你了！"

小咲再次以头抢地，恳求沙名子。

"已经可以了，小咲，抬起头来，森若小姐明白你的心情了。"

第 二 话 · 弄错了就得道歉！不，请你道歉，可以吗？

秋子在一旁说道。

"是大谷小姐。"不知哪位研究员在自言自语，但大家全都听到了。美月眯起了眼睛，注视着沙名子，像是在说："你倒是讲几句啊？"

秋子则把目光从小咲身上转向了沙名子，周围人的视线也是如此，仿佛在议论着："这就是那位森若小姐？听说她生气的时候很吓人的——"

毕竟对于基层的研究员来说，小咲可比沙名子要面熟多了。

——这什么情况？

沙名子一动不动地站着。

她先是惊讶过度，随后，心里逐渐蹿上火来。

她生气了。

生气，并且烦躁。

这简直就像是她沙名子在欺负小咲一样。

——为什么要在这里道歉？是唯美对小咲说了什么吗？比如"你还是去道歉比较好"之类的吗？

——在哪里不能行下跪道歉的大礼？为什么非要选现在这种场合？

——这根本就是暴力。如果有事情想要拜托别人，那么就开口说出来。你以为不做任何说明就突然下跪，你所提的要求就能得到满足吗？大谷咲，你是黑心又阴险的政治家吗？

——而且你也太轻率了。明明带着一股子哭腔，却一滴眼泪都没掉啊。如果你要演到这一步，至少点个眼药水如何？可以在美妆药店里买肥皂的时候提前把眼药水也一起买了呗。

尽管沙名子的胸中怒火熊熊，头脑却急速冷却了下来。

在这群当事人里，只有沙名子既不是好姑娘也不是大善人。不错，不过她对此一点都不介意。

"森若……"

"快讲几句啊，她这样怪可怜的。"美月继续用眼神催促着沙名子道。毕竟，她肯定没见过这么拼命道歉的女孩子，连沙名子也没有。

天天股份有限公司研究所的办公室里，鸦雀无声，一片寂静。

因为沙名子保持着沉默。

小咲的话也已经说完了，她微微抬起头，窥视着沙名子的反应。

"——大谷咲小姐，我已经明白你想说什么了。"沙名子说道。

声音比想象中的更加低沉，这都怪心头的怒火。

"请你回到前台岗位上去，像这种无益于工作的事情我认为还是不做为好。很遗憾，我并没有能够决定你去留的权力。"

沙名子一如平日，用公事公办的语气，尽可能温柔地将事实告知小咲。

"请问森若小姐在吗？有您的快递。"

"来了。"

沙名子站起身来，衣服上印有熊形图案的快递员走进了财务室。

第二话 · 弄错了就得道歉！不，请你道歉，可以吗？

"需要帮您放进冰箱吗？这是一份冷冻品。"

"不用，谢谢你。"

快递员送来的是一个冷冻品专用的塑料泡沫盒，差不多要用两只手才能围住。

幸好今天财务室那台迷你冰箱的冷冻室空着。要是天气再热一些，新发田部长就会买一大袋泡冰咖啡用的冰块，勇太郎则会把湿毛巾装在塑料袋里一起冻进去，还有真夕也会用到冷冻室，她会把午餐后享用的低卡路里冰激凌装在里头，而且连带着希梨香的份一起。

财务室很少会收到冷冻品的快递。

"森若姐，这是什么？是你之前说过的那个人寄来的吗？"

真夕对这份快递的兴趣简直藏都藏不住。

沙名子已经通过前台的来电确认过了，寄件人是大谷咲。

"是的。"

"会是炸弹吗？"

虽然沙名子认为对方再怎么样也不至于寄炸弹过来，但她毕竟是那个行动莫测的小咲啊。

那件事闹到最后，小咲还是从研究所辞职，不再做前台人员了。

下决定的人是新发田部长。他至今为止明明说"这件事交给森若判断"，但在沙名子报告了整件事的来龙去脉后——她略去了小咲下跪认错那一段——他只说了一句"知道了"。

自那之后又过了几天，沙名子从秋子那里听说小咲已经辞职了。

她明明是打算暗示新发田部长不用让小咲辞职的,莫非被他看穿了吗?打感情牌真是行不通啊。

对沙名子而言,新发田部长依然充满谜团。

当她听说小咲的合同到此为止时,先是觉得对方好像很可怜,不过,当她听说小咲并不是被开除,而是转去了其他地方工作时,又松了一口气。

小咲的新工作在公共浴场。研究所的试用期一过,她就主动辞职了,随后开始以派遣制员工的身份去了稍远一些的"蓝之暖浴"工作。

岗位仍然是前台人员,将来也有转正的途径,平时乘电车上下班。同时,因为有浴场的往返巴士可坐,笠原女士和小咲的其他朋友们应该也能作为客人去那边看看。

沙名子不清楚她的这份新工作是怎么定下来的,说不定和新发田部长或者天天股份有限公司即将开张的"天堂洗浴咖啡店"有点关系。

而在这件事上,小咲是否对沙名子抱有怨恨,也不得而知。

快递上写着收件人信息:财务部的森若小姐。笔迹圆滚滚的,像出自小孩子之手。

沙名子小心翼翼地打开来自小咲的包裹。

箱子里是用塑料膜包裹住的封口袋,而封口袋上又摆着黄色的传单。

"这好像是家常菜啊,一共四份。"

真夕没了兴趣,声音没精打采的。

第二话 · 弄错了就得道歉！不，请你道歉，可以吗？

封口袋中装着切好的蔬菜、肉、芡汁，都冻得硬邦邦的，看着像是八宝菜。

"这么说来，田中小姐说大谷小姐辞职的时候打听过总公司的财务部一共有几个人。"

沙名子说道。

虽然她也不认为小咲真会寄炸弹过来。

沙名子拿起放在封口袋上的传单，本以为只有这么一张纸，结果发现它下面还有一个薄薄的信封。

传单上写着："'温馨美味亭'特色菜——妈妈的八宝菜！冷冻装专供外带，加满了本地蔬菜，非常美味！"

"大谷小姐的老家是开便当店的，所以有兼营冷冻菜品呢。"

"森若姐，是八宝菜啊！"

真夕记住了一个奇怪的点。

——由香是汉堡肉饼，美月是鲑鱼饭团和炸鸡块，我是八宝菜吗？虽然这种菜并不花哨，但很健康，确实挺好的。总之，开开心心地收下就行了吧？

"要先把它们放到冰箱里去吗？"

"有道理，连同冰袋一起放进去，一人一份，也得和勇哥提前说一声。"

"再去问后勤要点气泡包装纸吧，因为要带回家的嘛。"

沙名子和真夕二人把冷冻的八宝菜从快递箱中取出，放进冰箱。

信封里是一叠"蓝之暖浴"的折扣券，还有一张白纸。

白纸上直接打印了一个社交平台的页面，页面中间是一张大大的照片。

似乎是在小咲的新职场拍的。

她也喜欢拍照，照片上的她正和穿着相同制服的伙伴们聚集在前台，一起欢笑着，看起来非常快乐。

而在那张照片下面，用油性笔写着字，字迹有些拙劣：

财务部的森若小姐，非常感谢你，我在蓝之暖浴工作得很开心。这边的前台工作好像更适合我，唯美姐已经来了好几次了，森若小姐也请过来哦！

"这张照片大概已经发向全世界了吧……小咲知道吗？真的没问题吗？要不要把照片锁起来啊？"

"——我也有点担心这个……等等，真夕，你怎么知道大谷小姐的名字？我没说过啊。"

"我顺手调查了一下嘛，因为挺有趣的。"

真夕吐了吐舌头。

是和真夕聊太多了吗？明明真夕完全没见过小咲，但似乎还是成了小咲的粉丝——果然不管走到哪里，小咲都是很有人气的。

"下次你直接去问她本人好了。"

第 二 话 · 弄错了就得道歉！不，请你道歉，可以吗？

沙名子抽出一张"蓝之暖浴"的折扣券，然后把其余的全都给了真夕，心想着要是她能在演出结束后去一次，或者另约朋友一起去泡个澡也不错。

她不觉盯着那张"温馨美味亭"的传单，看着看着，很想笑出声来。

虽然不是很清楚小咲到底是什么心思，不过她似乎是想感谢沙名子。

沙名子心想，如果自己某天去"蓝之暖浴"的话，也要对小咲说说这道八宝菜的食后感呀。她一定还记得自己的，毕竟她是个好姑娘。

"没事吧？有什么问题吗？"

新发田部长不知什么时候已经来到她们身后了。

"没事，部长你喜欢吃八宝菜吗？"

"我就不用了。"

新发田部长有洁癖，所以他的回答也在沙名子的意料之中。

要是秋子没有拿到八宝菜，沙名子倒是想把这多出来的一份给她，但总觉得她应该也有份。下次去研究所办事的时候确认一下好了，问问她收到了什么菜。

这周末就吃这道加了好多蔬菜的八宝菜吧。先泡个澡，之后用佳肴配着啤酒，轻轻地和自己干上一杯——沙名子如此想着。

八宝菜肯定很好吃，而且吃下之后，内心也会变得温暖起来。

大家都是好人、善人。这种美味，属于小咲他们那个温柔又充满人情味的世界，而沙名子并不居于其中。

第三话 你是我的太阳！

第三话 · 你是我的太阳!

她写得一手好字。

——这是太阳对沙名子的最初印象。

所谓"最初",指的就是太阳被分配到天天股份有限公司销售部销售科刚满半个月的时候,也就是四年又两个月之前的那个四月中旬。

当时的他只有二十二岁,某天跟着销售部的老手——镰本出去拜访问候,等回到公司时,发现办公桌上有一张便笺纸,就贴在笔记本电脑的电源旁。

销售部的山田太阳先生:

现有"经费拨发"和"财务软件线上录入"的相关事宜需要向你传达。

请在空余时间查收邮件,阅读通知,阅读时间预计为一个小时。

财务部　森若

便笺上的字迹就如印刷体一般工整。还有遣词用句以及跃在浅蓝底色上的字色浓淡都非常完美,简直无可指摘。

这么说来，约莫两天前还真有一封邮件啊！太阳慌忙冲去财务室，左右打量，只见一个苗条的女性来到自己面前。

"是山田先生吧？我是负责销售部财务工作的森若，请多指教。"

"是，是的！抱歉！我没有注意到邮件！不对，其实我注意到了，但不知道该回复些什么！"

"因为你们现在很忙吧？"沙名子沉着地说道，"我进公司是第二年，可能也有地方做得不到位，如果你有什么和财务相关的问题还请直说。现在有时间吗？"

"啊——这个，我接下来必须得外出，差不多四点半才能回公司。不过要是镰本先生点头那我也许还能早点回来。"

"明天怎么样呢？"

"中午之前有空。"

太阳一边翻着智能手机上的日程表，一边偷偷看向沙名子的面庞。

真是一位人如其字的女性啊。

滴水不漏，干净整洁，只有后勤或财务女职员才会穿的公司制服上不见一丝褶皱，连透明的长筒丝袜和米色的绑带浅口皮鞋也被顾及到了，打理得很是妥帖。

她没有佩戴任何首饰，连耳洞都没有，只戴了一只纤细的银色腕表。

中等长度的直发光滑水亮，只有发梢处微微内卷；肌肤润泽的鹅蛋脸上带着自然的妆容，不存在扎眼的颜色；形状偏方的短指甲上搽着樱花粉色的指甲油,并没有做花哨的美甲。

他突然就感受到了沙名子所属的类型。

这类女性提倡自然、有机的生活风格,在保养皮肤上花的工夫多于化妆。

比起咖啡,她们更喜欢喝红茶,不过最好是药草茶;喜欢水果、酸奶、日式食物、豆奶,饮酒谨慎,而且比起美容院更爱去健身房;喜欢的化妆品是"滋润天国"系列,兴趣是电影鉴赏,为人认真而优秀,不会被流行所左右。

太阳刚进公司的时候应该是和她打过招呼的,不过完全没有留下印象。

主要因为沙名子是个无趣的人,真是浪费了那副美貌。

太阳也接受了这个事实,与此同时,还对自己的公司生出了一份钦佩之心。

天天股份有限公司是处于中坚地位的制造商,化妆品和泡澡粉的热销款接连不断,而自企业创始以来便一直在销售的肥皂产品更是茁壮发展,已经足以在电视上打广告。不过绝不能说它是"沐浴皂",这是禁止事项。

虽然不起眼,但是踏实而又认真。太阳认为沙名子与这样的公司文化十分相配。

不过公司内部的信息交流则相当通畅,也非常重视员工——对化妆品提出新点子的可以是年轻职员,全司上下都有挑战新事物的气魄。

仅论规模的话，太阳曾拿到过更大型公司的入职通知书，但他还是拒绝了对方，转而选择天天股份有限公司，归根结底就是被这样的企业文化氛围所吸引。当时他心里有个小小的声音在对自己说道："去吧！去'天天'干吧！"俗话说："宁做鸡头，不当凤尾。"说白了就是与其在大型企业当个底层人员，不如去中坚企业往上爬。当然，他也不喜欢完全籍籍无名的小公司。

从以前开始，太阳的直觉就一直很准。每当迷茫的时候，他便会遵循自己内心的声音，去选择那些灵光一现的、直觉所向的方向，而且结果从未失败过，也从未被人讨厌过。

学校、人际圈子、打工、交友、女友、住所，还有公司，不论是哪方面，最适合太阳的位置就是介于平均分与满分之间的那块地带。如果再努力一点或许可以取得满分，但是他并不会朝着这一点去突破，不管怎样都做不到完美——他就是这种性格。

太阳在至今为止的人生中都未尝败绩，虽然也没有取得过大胜，不过对于这样的自己，他已知足。

"森若小姐，这个是'黄金策划'的接待费用，拜托你了。"

现在是太阳进公司第四年的六月二十号，也是月度关账日当天。他又在最后关头卡点了。

销售部的王牌——太阳把积攒着的发票都提交给了销售部的财务工作负责人沙名子，随后等着她核完数字。

第 三 话 · 你是我的太阳!

沙名子和刚进公司的时候一样,留着中等长度的头发,短指甲修得略呈方形,银色的腕表链连接着蓝色的玻璃表盘,要说有什么变化,也就是现在的她有时会戴上无框眼镜。

"这份发票没有写上开票对象呢。"

还是和平时一样,沙名子要是没有说出"我明白了",就会直截了当地指出问题所在。

"啊,真的呢,真糟糕。森若小姐,能麻烦你帮忙写上吗?"

听到太阳这么说,沙名子对着发票看了一会儿,接着从笔架里挑出一支圆珠笔。

她在边上的便条本上先试写了一下,随后在没有开票对象的发票上"唰唰"地飞快写下了"天天股份有限公司"。

这次的字迹和发票上的数字很像,都潦潦草草的。沙名子提前练习了几种笔迹,就是防备着这种情况。

太阳看着沙名子流畅的手部动作。

今天的指甲油不是樱花粉色呢,而是接近肤色的浅米色。虽然她和那些花里胡哨的美甲绝缘,不过还是会每隔几天就换个颜色重新涂一下指甲,而且也会选用色调与之相配的口红。

去年秋天,太阳头一次注意到这一点,还像发现了什么不得了的事一般对沙名子说道:

"森若小姐!你今天的指甲好可爱啊,粉色里带一点闪,很有女孩子的感觉欸!"

沙名子吃了一惊,捂住指甲。

"才没有!就是偶尔……偶尔想试试这种风格的!"

太阳不由得笑了。

"不是挺好的吗?怎么还把指甲藏起来,就跟小猫一样。"

"不用再讨论我的事了,请你去线上录入数据,今天之内弄完。"

沙名子难得语速飞快,引开了话题,然后看向笔记本电脑屏幕。

她不习惯被人夸呢——太阳如此心想道,并且觉得有些奇怪。

——真看不出来她是这种性格,不过不习惯被夸也正常。

——尽管她确实没什么会让人贬低的地方,但也没什么值得表扬的地方,一直以来就是个朴素的美人。

——不过她的反应也太大了吧,她可是财务部的森若小姐啊。被人夸一句而已,她居然连脸都有点红了。

——啊,糟了,怎么办。

太阳觉得这样的沙名子有点可爱。

自那之后,太阳一直在等待时机,寻思着一有机会就要去夸夸沙名子,然而机会却几乎从不降临。沙名子基本都不出席公司内部的聚会,就算人来了也不喝酒,更不会聊她自己的事。

而太阳作为销售部的年轻人,哪怕运气够好,提前占了离沙名子近的位子,也会被各批人马当成负责搞笑的主力呼来喝去,在同事群中到处穿梭。

前辈镰本义和反复对太阳说不要惹森若小姐生气,还说她一旦生气就会很可怕。

自己莫非踩到她的雷区了?太阳对此毫无头绪。不对,其实是有的。

难不成沙名子以为太阳在和希梨香交往吗?

不过她会这么认为也不稀奇。

从财务室回到自己工位上的太阳取下了贴在笔记本电脑上的便笺,呆呆地看着它,只见上面写着:

山田先生,提交发票的截止日是今天,如果你有发票,还请尽早提交。

森若

当沙名子急着催促某事的时候,她会使用便笺而非发送邮件,今天亦是如此。

义和前辈说过,森若的便笺非常可怕。毕竟这下当事人就没法辩解说"我没注意到邮件"了。

但要是再告诉她"便笺好像掉了,我没看到!"那么下次她就会用透明胶带贴在电脑的电源上,一点逃跑的机会都不留给你。森若可就是这样的女人啊!

那是在去年的十二月,太阳和销售部策划科的中岛希梨香,与希梨香同批入职的佐佐木真夕,以及销售科的镰本义和前辈四人一起喝酒。

"她只有二十七岁,真是让人难以置信啊,感觉三十五岁还差不多,是吧?"

义和在席间说道,太阳也笑了,不过是因为其他理由才笑的。他觉得镰本前辈就是那种非常在意化妆和服装的人,结果立刻就顺嘴回了一句:

"可是森若小姐挺可爱的呀,我还想跟她喝一杯呢,你们谁能去邀请她过来吗?"

"果然太阳哥你也喜欢那种很有女人味的类型!我太男孩子气了,老是吃亏!"坐在太阳边上的希梨香说道。

她虽然比太阳还小一岁,不过和太阳、义和的关系都很好,因为大家同为销售部的人。只不过希梨香是策划科的。

"太阳,你喜欢年纪比你大的吗?"

"不是这么回事,只是我经常受她照顾,所以才想和她喝个酒。"

"不可能啦,森若姐是约都约不出来的。"

真夕一边喝着啤酒一边说道。

她属于财务部,和沙名子同部门。听她这么说,原本还抱有期待的太阳大失所望。

"那么把森若小姐的手机号码告诉我吧,真夕。你有的她的号码吧,我来约她。"

"请直接去跟她本人说啊,就说你想约她。"

第三话 · 你是我的太阳！

"哪约得动，她可是块铜墙铁壁啊。"

义和笑着说道，随即便换了个话题聊。

这是去年年末联欢会后大家喝第二摊时发生的对话，等到节后开年时，希梨香过来问太阳要不要沙名子的手机号码和邮箱地址。

而且当时的希梨香还故弄玄虚了一番，好在之后仍是提供了沙名子的联络方式。结果到了春天，太阳就借着工作的名义，发了短信过去，原本心想着再趁势约她吃个午饭，看能否拉近两人的关系。然而，沙名子却并未对太阳表现出任何兴趣，还对他怎么弄到自己的号码表示狐疑。

"森若小姐，你误会了！"

太阳看着那张便笺，回想起五月份时巧遇沙名子的那个休息日。

那天实在太糟糕了，真没想到会遇到沙名子，而且当时自己偏偏还在和希梨香吵架。

休息日的沙名子非常可爱，没有穿半身裙，而是换上了米白色的短裤，配上宽大的针织衫，提着托特包，整副打扮都与她苗条的身材非常相配；头发则往后梳，扎成一个马尾，妆容也不是平日的自然风格，而是略带玫瑰色系的，亮眼了许多。

那样的她确实很可爱，看不出是上班族，倒像个认认真真的女大学生。

——不过森若小姐不见了之后，好像还有个年轻的男性一直打量着我……

——她……没有男朋友吧?

——不,也可能是有交往对象的。因为那个浴场位置比较偏,要是没车的话过去很不方便,而森若小姐又没有车子——虽然这只是我的直觉,不过我的直觉很准的。

——但是我的直觉同样告诉我,森若小姐是单身。

——而且我当时还着急忙慌的,都没空去解开误会……

——等到第二天,我去跟她说那些全是出于工作,她也只回了一句"知道了"……

——但听到这种回答就觉得失落,我也是够奇怪的,好像我真的做了坏事似的,明明就不是这样。

太阳不知不觉又把目光移向了那张便笺纸。

——最近收到了很多便笺呢。上面的字很漂亮,工工整整,毫无废话,光是看着就觉得心灵受到了洗礼……

——难道我就是因为想看到这些小便笺,才故意无视邮件的吗?

"超级王牌,你怎么啦?"

"啊,镰本哥——"

听到义和的声音传来,太阳忙不迭地取下了便笺。

义和是比太阳大上十岁的销售部成员,太阳从进公司起便一直跟在他手下做事。

被任命为"天堂洗浴咖啡"项目的负责人是太阳头一次独立工作,义和就半开玩笑地叫他"王牌"。

"'天堂咖啡'的进展还顺利吗？内部展示会马上就要开了，会叫各家的大人物们过来参观啊，得向他们好好展示项目。"

"没问题，包在我身上。"

太阳嘴上回答着，脑中却有一角仍在琢磨着沙名子会不会换了手机号码。

他很想再联系她一次，以私人的名义，而非借着工作。

但是他没有这个勇气，而且唯独这次，他的直觉也失灵了。

"所以呢，单纯来说，在单价同样是一百日元的时候，卖出五块原价三十日元的肥皂，获利要比卖出十块原价八十日元的肥皂来得更高。"

"原来如此。"

沙名子正在进行常规的工资计算，眼角的余光还能瞥见负责制造部财务工作的勇太郎在给真夕"开讲座"。

"每年的成本率[1]为什么都不同呢？"

"因为成本价是在变化的。"

勇太郎就职于天天股份有限公司已经十五年了，一直在财务部耕耘劳作，比制造部部长还更了解制造费用。

真夕是去年加入财务部的，当得知新发田部长打算把制造部的财

---

[1] 成本率是销售成本在销售收入净额中所占的比率，用以反映企业每单位销售收入所需的成本支出情况。——译者注

务工作转交给真夕负责时，沙名子松了一口气。她曾想过，要是部门安排真夕承担销售部的活计，而她则转去接手制造部，那该如何是好。

其实她对制造部感到很头疼，因为想象不出采购的内容，虽然有时会给勇太郎搭一把手，但每次都有一种陷入数字迷宫般的感觉。

沙名子并不像勇太郎那么热爱数学，她大学的专业是英语。

而勇太郎则相反，更倾向于沉浸在数字的世界中，并不想在其中看到人脸。他也说过不喜欢销售或者后勤人员在自己集中精神工作时跑进财务室。

"抱歉，森若，你有泡澡粉吗？就是上个月刚出的那款。"

勇太郎抬起头来问沙名子。

他以前参加过橄榄球社团，身材非常结实。因此当他和身材娇小的真夕共处时，两人看起来简直就像是大人和孩子。

"有的。"

沙名子打开抽屉，把装有"柚子浴"泡澡粉的盒子递了过去。这是美月在这款产品刚推出时给她的。公司在柚子肥皂面市的同时，把以前的人气泡澡粉也进行了更新，于是它便成了继春天推出的"樱花浴"之后的又一款"和风系列"产品。

勇太郎一边看着盒子背面的成分表，一边对真夕进行讲解，真夕也"嗯嗯"地边听边回应着。

初夏的阳光从窗外照射进来。

这个时节，还能勉强不开空调。

公司为"和风系列"的泡澡粉和肥皂做了相互关联的销售策划，结果销售势头良好。美月现在正埋首于堪称是她毕生心血的"温泉系列"泡澡粉研发任务之中，现在第一组产品应该也已经得到公司的认可，获批投产了。

美月他们这些研究员开发出的产品需要由希梨香等策划科的人员来考虑如何包装、如何宣传，并由制造部门的人来实际生产，随后，太阳等销售人员便会跑遍全国，向使用者进行推广。

公司内就是如此有效分工的。凡事都正常运作、环环相扣的状态真是让人感觉舒适。就像资产负债表[1]上的数字和各部门的总计完全对上时那样。

公司卖出多少块售价一百日元的肥皂，财务人员就得干多少活。尽管沙名子明白这关系到自己的奖金金额，不过她对数字的多寡并没多大兴趣。可一旦销量远超目标，她反而会心生不安。这一点，她没有对任何人说过。

"森若小姐，这个拜托你处理一下。"

声音响起，有位销售部的男同事进入了财务室。

---

1 资产负债表是反映企业在某一特定日期（如月末、季末、年末）全部资产、负债和所有者权益情况的会计报表，是企业经营活动的静态体现，根据"资产=负债+所有者权益"这一平衡公式，依照一定的分类标准和一定的次序，将某一特定日期的资产、负债、所有者权益的具体项目予以适当的排列编制而成。——译者注

是镰本义和。

他今年三十六岁,是销售人员,手上握有交易量很大的客户,在太阳入职之前被称作"王牌"的人一直都是他。

"出差交通费的暂支款和新干线车票的报销是吗?"

沙名子把打印出来的表单收好并确认,随后将新干线的车票递给了义和。

按说这笔流程就这样走完了,不过义和有些面带不悦地站在沙名子旁边。

正当她打算询问义和还有什么事的时候,对方却抢先开了口:

"森若小姐,之前研究所那个派遣制的员工真对你下跪了?"

沙名子瞬间沉默了。

义和的嘴角浮起了一丝微笑,打量着沙名子的脸色,眼神仿佛在观察什么。

"我是听研究所的人说的,一个年轻的前台姑娘被森若小姐给骂哭了——"

"这是真的。"

沙名子简单地作答,然后又把视线移回到电脑屏幕上。

——我还能怎么回答呢……

沙名子去了车站旁的大厦,此刻正走在它的地下楼层。

研究所的派遣制员工大谷咲对沙名子行了下跪礼——这的确是

事实。

目击者也有很多，撒谎肯定行不通，但要说那是小咲演出来的，则听上去又像是在给自己找借口。

沙名子其实知道销售部的人认为她生起气来很可怕。

为什么会这么认为呢？沙名子思考着。自己明明就没有凶过别人，害过别人，反倒会在别人陷入困境的时候，尽可能地以不伤害到对方的形式去提供自己力所能及的支持。

可是那时候沙名子对小咲生气了——这也是事实。要是说得再温和点就好了，但当时的她实在没有克制住自己。

——我这个人，大概脾气不太好吧……

自己隐约的想法被他人直接点破，这种感觉真不好受。

大厦地下卖场的食材也好，店员也好，客人也好，都依然闪闪发光。

啊——又来了。

沙名子对自己心中的情绪感到烦躁，又一次产生了诸如"自己到底能不能进入这个发光的卖场"之类的问题，不过并没有得到答案。

——我有做好公司的工作，规规矩矩煮饭做菜，自己照顾自己，按规定的分类回收日来处理垃圾，我的猫咪和弟弟都喜欢我喜欢到简直腻人，所以我没问题的。

沙名子不由自主地想看看自己的手机。不过光是看着，手机画面当然不会变化，于是她翻起了爱猫"金枪鱼"和"小蚬贝"的照片，却又望见了寿司店的招牌。

沙名子只有在完成重大的工作之后才会买寿司吃，不过她心想今天就奢侈一把好了。

虽然今晚原计划吃汉堡肉饼，但冷冻食品的话应该可以再囤久一点。

这个汉堡肉饼也是"温馨美味亭"的菜品，因为小咲寄来的八宝菜非常好吃，所以沙名子去研究所办事的时候打算顺便去买个便当。碰巧那天还是小咲当班看店，便向她推荐了这道肉饼。而且小咲还记得沙名子，不仅往她的便当里塞了好多土豆色拉，还说了好多遍"下次再来"。

她是个好姑娘呢。大概吧。

——凡事都爱加上个"大概"正是我的缺点啊。

寿司店门口挂着暖帘，里头有一个小小的堂吃空间。这种开在地下卖场的寿司店居然设了堂吃位，真是意外地正统呢。狭小的店内有两名寿司师傅和一名上茶兼收银的女性，"7"字型的吧台配了八个座位。其实这家店定价略高，但做的寿司非常美味，因此总是坐满了食客。

而今天店里居然没人——就这个时间段而言还真稀奇。

就连一直在收银台旁的那位女性都不见了。

沙名子从中间轻轻分开暖帘，相对年轻的那位师傅回过头来，说道："欢迎光临！"

"请进，您想吃什么都能给您捏。"

师傅微微笑了,与镰本义和今天在公司里的笑容完全不同。

不知为何,沙名子有点想哭。

"哎呀,抱歉抱歉,请随便坐,马上给您上茶!"

一名身着和服的女性从厨房里小跑着赶了出来,她看上去和沙名子母亲差不多年纪。

"不用菜单了,请来一份最贵的套餐。"

沙名子坐在吧台第一个位子上,正对着年轻师傅方才站立的位置。她在这里买过好几次外带寿司,不看菜单也知道有些什么好吃的。

她一边喝着温热的茶水,一边看向师傅捏着寿司的手,心情逐渐平静。

这样就很好。被人温柔以待就很好。哪怕这只是出于营业待客之道。

——就算是我也一定会遇到好机会的。

尽管沙名子自己也不知道会是什么"机会"。

师傅递给她一份小菜,用小碗盛着,碗里散发出了柚子的清香。

她小口地品尝,吃着吃着就想起了公司新推出的泡澡粉。

最近,销售部的镰本义和下了"樱花浴"和"柚子浴"两款产品的订单,到货日期和"天堂咖啡"的内部展示会正好一致。

——"天堂咖啡"不是计划主推最新的"下吕温泉"吗?

"温泉系列"泡澡粉是天天股份有限公司泡澡粉开发实验室的新品,也是美月现在投入最多精力的产品。因为"天堂咖啡"的场地里没有温泉,于是公司便计划通过在不同的浴缸中分别加入各类泡澡粉,从而使客人们能够享受到不同产地、不同成分的"温泉水"。

还要备上"柚子浴"和"樱花浴"吗?太阳确实说过"下吕温泉"的获批流程太慢了,未必赶得上展示会。

不过这两款产品的成本率很低,要是用它们参展,勇哥出于财务角度应该会觉得很开心吧。

"您的醋小鳍鱼[1]寿司。"

沙名子还在琢磨事情,寿司就已经上来了。

不管了,现在不必考虑公司的事,可能就是展示会的大方针发生了变化而已——沙名子心想道。

师傅亲手捏制的小鳍鱼寿司醋酸浓郁,美味渐渐在口中扩散。

"这……怎么可能……"

时值星期日早上八点十分。

公司的玛驰车就停靠在北关东一条乡间小路的车站上,太阳正检查着后排车座上的箱子,以确认里头装了些什么,却不禁喃喃自语了起来。

印有"天天股份有限公司"图标的纸板箱里塞满了上个月发售的

---

[1] 小鳍鱼是日本斑鲦鱼的幼鱼,体长十厘米左右,经调配好的醋汁腌渍、精细的刀工处理后成为一种高级的海鲜寿司材料,被当成衡量寿司店水准的指标之一,也因此经常作为高级寿司店食客选择的第一道寿司。——译者注

第 三 话 · 你是我的太阳！

"樱花浴"和"柚子浴"泡澡粉。

今天本应带去展示会的可是"天堂洗浴正宗温泉系列"的"下吕温泉"和"鸣子温泉"呀！

"温泉系列"比起公司其他同类产品有了质的飞跃，而这两款也是该系列的第一组新产品，原计划本月底上市发售。

但它们获批投产的进度慢于预期，所以出货时间很紧，都不知道是否赶得上这次的内部展示会；而且即使踩着点完成了生产任务，太阳对送货耗时也是心里没底。于是，他便拜托了义和前辈在本周去往位于静冈县的工厂办完事后，顺便把用于展示会的泡澡粉新产品一起带回来。

他今早和义和碰了头。由于义和也要去北关东的近郊处转转，他们就定在七点二十分于公司汇合，完成泡澡粉的"转手"工作，随后各驾一辆玛驰车分赴各自的目的地。

途中，太阳注意到手机不在身边，便想去行车休息区确认一下产品。

就算是礼拜天，销售人员也得带着手机，否则容易出岔子。

一方面是怕错过私人联络，而另一方面，因为销售人员的手机费是公司出的，所以他们的手机还得兼用于工作。

他有一种不好的预感。

祸事必须单行，绝对不能重叠，不然就完了——这是太阳的人生经验。

毕竟，要是只有一个问题，那还能纠正过来，可一旦同时出现两起状况，事情便会搞砸。好比说，偶尔迟到一次，充其量也不过是倒霉，可如果迟到的那天又正好有考试就惨了。

——自己分明确认过，装在后座纸板箱里的是刚拿到手的"下吕温泉"和"鸣子温泉"啊！

这么说来，自己应该是带着手机的。

太阳记得今天一大早，他便把纸板箱们分别码到两辆白色的玛驰车上，确认了箱子里的产品，随后回到工位，往纸杯里倒了咖啡，一边饮用一边玩了会儿手机。随后听到义和说该走了，他就将手机塞进了跑业务时拎的皮包里。手机的手感现在还留在手上呢。

然后，他和平时一样把皮包背在肩上，走在前面，而义和跟在后头，两人钻进各自要用的车，"嘭"地关上了车门。

虽然他很想保持心态平稳，但心里或许还是紧张的，所以搞出了岔子。

手机肯定落在公司了，而纸板箱——自己的纸板箱估计是放到义和的"玛驰"上了！

"樱花浴"和"柚子浴"的泡澡粉是义和要给到其他客户的产品，结果两人的纸箱却放反了！

还好自己运气不错，在休息站看了一眼箱子里的东西。

"真是不敢相信！这怎么可能啊！"

虽然是自己犯的错误，太阳还是一边暗骂着自己和义和前辈，一边翻遍自己的口袋想确认手机是否真的不在身边。事态已经比想象的更加紧迫了。

而他还背不出义和的手机号码。

他翻阅着随身的笔记簿子，上头却只有潦草的行程计划和约见内容。其实他原本就不怎么写笔记，凡事几乎都记在手机上。

他在停车场的一角看到了一个电话亭，便试着往公司去了电话，可并没有人接听。这也是当然的，毕竟今天是周日。

——怎么办……

现在已经八点十五分，展示会是十点半，但参观者们应该十点就会到达现场，而且他们都在天天股份有限公司、大型制造企业的子公司 SHINOZAKI、负责内部装潢的"黄金策划"公司这三家企业里担任部长以上的职位。

太阳作为负责人，需要在九点到场，最晚也得在九点半时赶到，再晚就糟了！

这里到公司还有五十分钟车程，到"天堂咖啡"则需四十分钟，再加上时间越晚路上越堵，回一趟公司是无论如何也来不及了。

要是太阳赶不上，那么这次主打的"再现正宗温泉"就会沦为单纯的热水，今天的内部展示会也就毫无意义。

他整个人都在颤抖，心想着绝对要避免让事情发展到这一步，否则可就达不到展示效果，会害公司的计划泡汤！实在不行就使用现在车上装着的"樱花浴"和"柚子浴"吧，总比什么都没有强，而且原本的策略也是如此——如果"温泉系列"赶不及生产，就用"樱花浴"和"柚子浴"顶上。

但要是这么做了，销售部部长和社长都会很失望吧？之前听说新产品终于获批投产时，最高兴的人可是销售部的吉村部长啊！

现在，载着"温泉系列"的人是义和。他的目的地离"天堂咖啡"不远，目前离展示会开始还有两小时。

义和的工作也不是很紧急，而且就算不在今天之内完成也不打紧，要是能揪住他硬跑一次"天堂咖啡"应该就能解决了。

太阳在电话亭中焦虑万分地思考着。

就算翻遍电话黄页本也找不着义和的号码[1]，于是他又查起了自己平时不屑一顾的黑色随行笔记簿。

——会有什么线索吗？簿子里会夹着谁的名片、谁的电话号码吗？只要是公司的人都行！到时候我就拼命恳求对方帮忙查查镰本前辈的号码，然后联络上他！

翻页的手，停在了簿子最后的"随手记"页面上。只见"森若"两个字。

而这两个字下面，则草草地写了一串以"090"开头的数字和邮箱地址。

这是沙名子的手机号码，是太阳从希梨香那里要来并急急忙忙写

---

1 在日本，公共电话亭内一般会放置一本黄页，以便他人查阅。——译者注

下的。

"森若小姐!十分抱歉,休息日一大早就打电话给你!我是销售部的山田!"

手机响起时,沙名子正在洗脸,身上还穿着睡衣。

她习惯在周日早上八点起床,悠悠闲闲地吃个早餐,之后开始做家务。

今天的早餐原计划是吐司面包和培根炒蛋,甜点则是橙子和蜂蜜拌酸奶。

"我现在正在工作,但手机忘在了公司,手边只有森若小姐你的电话!'天堂咖啡'的内部展示会马上就要开始,我却把展示会上要用的泡澡粉和镰本前辈的搞混了!"

"不好意思,我没弄明白,你找我是要办什么事?"

沙名子一边用毛巾吸干脸上的水分一边说道。

山田太阳老是公私不分,之前他也因为无关紧要的事情发了短信过来。

说起来,今天是"天堂咖啡"的内部展示会呢。休息日还这么辛苦,倒是令人有点同情。

厨房一角的咖啡壶响了起来,那是沙名子在洗脸前就开始煮的咖啡,现在正好煮完。

"啊,抱歉抱歉,是这么回事,森若小姐你知道镰本前辈的手机号码吗？我有急用。"

"不知道啊。"

"那——希梨香，或者其他的销售部同事的电话号码也好，你知道吗？再不行的话，真夕的号码你总有吧？真夕可能知道镰本前辈的手机号。"

真夕本周末应该是出发去"远征"了——因为心爱的乐队在外地开演唱会，她便准备坐通宵巴士追过去，还说会在名古屋和朋友们汇合，整个人看起来非常愉快的样子。

而且先不论真夕已有别的安排，光是不经允许就把其他女孩子的私人情报告诉别人这一点又算是什么性质？

和销售人员不同，财务人员的手机基本都是用于私事的。

沙名子把咖啡倒入马克杯，边喝边考虑。

"啊，我没有其他意图，真夕的手机号和LINE我都有，只是现在手机不在我手边，总之我急需联络上镰本前辈，否则就出大乱子了。"

"我明白了，今天有'天堂咖啡'的内部展示会是吧，你现在人在哪里？"

"在行车休息站，我把新出的'温泉系列'泡澡粉和镰本前辈要用的产品搞混了。"

就在太阳喋喋不休地说着事情的经过时，沙名子已经换好了衣服。

除了真夕，她只知道三位同事的联系方式，分别是新发田部长、勇太郎、美月，可他们都是性格孤僻的人，很少和其他同事交流，所以此刻没一个派得上用场。

而且太阳作为销售部的员工，也肯定不希望把这种事捅到财务部部长那边去才对。

"你最迟得在几点之前和镰本先生取得联络？"

她一边把手伸进昨天穿的条纹针织衫的袖管里，一边问道。

"我想想——他应该可以立刻赶到现场，不过要是十点——不，要是十点二十分还来不了的话就来不及了，所以我得九点半左右联系上他——"

"明白了，我现在就去公司查一下镰本先生的电话号码然后联络他。不过我家到公司要花三十五分钟。"

"咦？"

太阳惊讶地叫了出来。

他确实是想通过别人的手机拿到义和的电话号码，但也确实没想到还有去公司查找这一途径。

"可是——好吧，拜托你了，太不好意思了。"

太阳立刻就理解了沙名子的用意，于是果断地拜托了对方。

"我现在就出门，所以应该是赶得上的。山田先生你可以先去展示会现场，我也会拜托镰本先生立刻过去。而且不管我是否联络上了镰本先生，九点之后我都会拨打'天堂咖啡'的座机。"

沙名子歪头将手机夹在耳朵和肩膀之间，腾出手戴上了腕表。

她穿着海军蓝的短裤、白色的袜子、对襟毛衣，但没时间换包了，便背起休息日专用的托特包，并戴上了口罩。

"不过，我不知道现场的座机号码啊，手机不在身边呢——"

"我会去公司查，财务部有文件，你别慌，没事的。"

沙名子一边穿上一双平底鞋一边说道。毕竟她很不希望对方因为焦虑驾驶而导致交通事故。

"不过出租车钱要算在销售部的经费里哦。"

"好，那是当然！"

沙名子不忘加上有关于报销的提醒，而太阳已经完全一扫方才的沮丧，干劲十足地答道。

"森若小姐，抱歉啊，镰本前辈已经打过我的电话了。"

沙名子是在不到九点的时候收到太阳的第二通来电的。当时她刚请安保人员打开公司门锁，走到了销售部所在的楼层。

"镰本前辈好像也在中途注意到了问题，虽然拨了我的手机号，但我没接，所以他就跟部长打了招呼，随后立刻往我这边来了。真是给你添麻烦了。"

周日的公司里头很暗，很静，而且没有开空调，十分闷热。

销售部的白板上写着成员们各自的外出地点以及手机号码。

"太好了呢。"

沙名子站在白板旁边，手机贴着耳朵。

说起来，自己也很久没有通过手机和别人对话了。

"是啊,真是太好了,我都吓出冷汗来了。森若小姐,你已经到公司了吗?下次我一定要请你吃饭,拜托你抽个时间给我吧!"

"不用在意,内部展示会办得顺利就好。"

沙名子挂了电话,轻轻叹了口气,环顾公司内部。

被始料未及的事情占去了时间,上午的计划泡汤了。

结果,对方那边已经有在联络了。

自己明明只喝了一小口咖啡就飞奔过来,结果却白费功夫了。

真是徒劳一场——沙名子心想。可能太阳只是因为忘带手机,慌了手脚,结果不管三七二十一就给她打了个电话,仅此而已。

做出一副自己没法子、不争气的样子,然后把麻烦事推给别人,这种人其实相当多。

比如镰本义和。

沙名子环视着销售部的工位,却看到字纸篓里有东西正在发亮,亮得刺眼。

捡起一看,是一部手机。

锁屏图片是盛夏的太阳,画面上有蔚蓝色的天空,还有闪耀的日光。真是很有太阳本人的风格呢。沙名子微微笑了。

话说回来,这个字纸篓就在太阳和义和的工位中间。

手机之所以在发光,应该是因为义和有打来过电话。这下怎么看都觉得"太阳把手机忘在公司"和"义和给太阳打电话却没人接"这两件事似乎全是真的。

——但，果真如此吗？

一般说来，忘了带走的手机会掉在字纸篓里吗？

沙名子突然有些担心，扫了一眼自己的腕表。

要是能赶上就好了——她心想着。

"你好慢哦，森若。"

沙名子一赶到"天堂咖啡"的大堂，就看见美月正坐在椅子上，一脸嫌烦的表情。

十点五十分，太阳他们应该已经接待过各位高层领导了。

各家公司的参观者都在"天天"运营部工作人员的带领下，遍览了各种浴缸、浴池以及位于店堂深处的咖啡角。

沙名子还是第一次来到"天堂咖啡"，大堂比她想象的更加宽广，层高也很高，形成一种老式洋房般的氛围，似乎连空气都纯净了起来，令人心情舒畅。看来曾根崎梅莉的品味是货真价实的。

沙发脚下甚至还有足浴池，它们被设计得宛如小河，而池道中流淌的"河水"则呈水蓝色，正冒着腾腾的热气，令人联想到泡澡时的场景。

周围只有身着咖啡色制服的工作人员正在收拾有些杂乱的大堂，看得出方才还有许多人在这里待过。

"赶上了吗？"

沙名子问美月。

原来,在早上踏出家门时,她也给美月打了一个电话。

美月是"下吕温泉"和"鸣子温泉"两款产品的主要开发者,所以沙名子心想她手里或许还有点样品,足够让"天堂咖啡"用上一回。

沙名子也想过可能会联系不上美月,或者对方可能会嫌麻烦,不过实际上她很快就被沙名子给"逮到"了。而且美月有车,因此只花了一个小时多一点就从研究所来到了"天堂咖啡"现场。

虽然这种做法不符合公司规章,不过也是事出无奈。之后再补写一张申请书吧。

"赶上了,我是九点半左右到的。刚才大家都在看'温泉系列'的新产品,加上香味调得很好,他们给的评价不错哦,我也算是安心了。"

"你真是飞奔过来了呀。"

"要是没把新产品送到,'天堂咖啡'可就得用'柚子浴'和'樱花浴'了是吧?我才不想看到这种局面。"

沙名子很喜欢美月这种反应迅速、行事高效的作风,不用多说一句废话。

美月完全没有化妆,头发束在脑后,身上就穿了一件旧运动服,连领子都已经松松散散的了,身边还放着一双目测可以用来走山路的轻便运动鞋和一双厚袜子——她本来就不在意服装,而沙名子此刻也一样,穿得和她半斤八两。

美月缓缓地卷起了紧身牛仔裤,把光着的脚伸进了足浴池,并指着池子里的热水说道：

"这个是'下吕温泉'，超好用的。虽然眼前的池子小，没法全身都泡进去，不过你光浸个手或脚就知道了。跑了好几次岐阜做调查还真值，森若你也来试试？"

"不用了，我都不知道今天会有哪些同事在场。"

"你平时明明都不会这么端着的。"

"我才没有端着呢。山田先生怎么样了？就是销售部的那位山田先生，负责这个项目的。"

"他当时在入口处东张西望的，一看就知道是在等人啦。"

——这就是说，美月到的比镰本还早吗？

——美月赶上了自然是万事大吉，不过镰本也带着样品抵达现场了吗？

"森若小姐！"

沙名子正在想问题，只听到有人在叫她。

是太阳。他正从入浴区大步跑来。

他把西装上衣脱了，卷起了白衬衫的袖管，额头上汗涔涔的，可能之前在岩盘浴区或者桑拿浴区。

"谢谢你们！帮大忙了！镰本前辈路上堵车，到得比想象中晚，没想到镜小姐居然赶上了。是森若小姐拜托镜小姐的吧，真是万幸！"

太阳还是一如往常地满面笑容，对沙名子和美月道谢。

沙名子认为这是太阳的优点，他会果断地拜托别人帮忙，也会因此而道谢或赔罪。先不管他拜托了别人什么,至少他的态度和责任感都摆得很清楚。

"我只是想做事做到底而已。"沙名子说道。

——镰本他靠得住吗?

不过沙名子没有问出口,把想法放在心里了。

镰本义和就是那种想把责任给模糊化的人,比如说就连请别人帮他把发票上的收票对象写上这种小事,他都不会明确地拜托对方,就做出一副为难的样子,等着沙名子主动开口。

他还会在别人马上要跑上电梯厢的时候摁下关门键;在下午五点三十二分大家都关了电脑后才把别人在等的重要文件送过去。总之他就是喜欢把事情拖到最后一刻才确定是做还是不做,搞得别人都很紧张。

"森若小姐你二十七岁?我还当你有三十五岁了。"去年冬天,镰本曾这么评价沙名子。

沙名子发现,诸如此类言论,似乎经常出现于她对镰本提交的缺漏材料进行纠正之后。而上周镰本出差前,沙名子又觉得他似乎心情不悦。但这些也不过是怀疑、臆想、感觉罢了,其实都是小事。沙名子认为说不定是自己误解了义和。

——可是我会这么想,说明我的性格很恶劣啊。大概吧。

然而太阳的性格就很好了,看起来也没有做过什么得罪镰本的事。

沙名子觉得,重要的纸板箱是被调包的,太阳的手机是被镰本故

意藏起来的等等猜测可能都是自己多虑了,但还是问了一句:

"镰本先生又是卡点赶到的吧?"

"嗯,是在镜小姐帮了大忙之后才出现的。但多亏镰本前辈,我们今天才能连足浴池都一起展示了。哎呀,真是的,我这次在镰本前辈面前也要抬不起头啦。"

太阳很感谢镰本,沙名子更觉得自己所察觉到的种种"不自然"都是错觉了。

"我去把车子开过来,森若你还空着肚子吧?我们一起吃饭去。"

美月对销售人员之类的毫无兴趣,在她离开之后,沙名子从包里拿出一个信封,取出装在其中的手机。

"这部手机掉在公司里了,我想物主大概是山田先生。"

看到自己的手机,太阳整张脸都亮了起来。

他真是位率真的男性——尽管有散漫之处,不过沙名子还是理解了为何以曾根崎梅莉为首的公司外部人士会这么中意他。

"山田先生,之前我也问过,你是怎么知道我的手机号码的?"

沙名子向正在一门心思摆弄手机的太阳提问道。

对方的表情一下子就紧张了。

"我是从希梨香……中岛小姐那里问来的,抱歉!"

"我并没有把自己的手机号告诉过中岛小姐啊。"

"呃,啊,实际上是真夕给的。"

太阳很不擅长说谎,不过比起精于此道,或许还是不擅长比较好。

真夕知道沙名子喜欢公私分开,所以八成不会把她的手机号码告诉别人。哪怕不小心给出去了,事后她也应该会告诉沙名子。

太阳不是坏人,沙名子也不介意他知道了自己的手机号码,只是出于安全考虑,她想弄清自己的联络方式是如何泄露的。

"明白了,那么山田先生,请删除它。"

"呃,啊?我不要。"

山田慌了。

"森若。"

美月在"天堂咖啡"的入口处探头望了过来。

"好的,我这就走。山田先生,工作请加油。"

"森、森若小姐——"

沙名子丢下还在伤脑筋的太阳,往入口处走去。

就在她快要离开"天堂咖啡"时,太阳追了上来。

"森若小姐!"

"怎么了?"

美月的"北斗星"[1]正停在入口前,她钻进车里,然后打开了副驾席旁的车门,等着沙名子上车。

"那个……森若小姐……你在生气吗?"

---

1 北斗星指"铃木北斗星"(Suzuki Wagon R),是一款经济实惠的轻型汽车,低成本、多功能,在省油方面有相当的优势,虽然配置较低,但仍受到日本各阶层的欢迎。——译者注

太阳的声音里透着小心翼翼。

沙名子看着太阳，开口问道：

"果然，我看起来像在生气，是吧？"

其实她并没有生气，也不想吓到对方，她只是做了自己认为该做的事而已，明明只是这样而已。

太阳凝视着沙名子的脸，没有回话，似乎是不知道如何作答才好。

"森若，走了。"美月说道。

沙名子一边反省着自己居然把口若悬河的销售人员逼得哑口无言，一边向太阳轻轻点头致意，随即坐上了美月的车。

太阳喝着啤酒。

这是一家意大利式的咖啡馆，距离公司大约两站路。作为男性，是绝对不会一个人进这种时髦精致的店的，不过希梨香似乎对这里熟门熟路，还干脆利落地为太阳和自己点好了单。

"我很男孩子气，所以太吃亏了，像这种时候就老会被利用。你啊，嘴上说是因为内部展示会办得很成功，想来喝一杯，实际上就是没把我当女孩子来看待吧？"

希梨香气鼓鼓地喝着气泡酒，不过心里其实乐得很，和嘴上说的完全不一样。

因为和希梨香说好了下班之后有些事要找她聊一下，所以来这种店也是无可奈何。实际上对太阳来说，公司楼下的"天天咖啡店"已经足够了，最多也就是找一家家庭餐厅[1]凑合一下。

太阳和希梨香关系很好，不过她还是有麻烦的地方，像是偶尔会哭鼻子、会做出一些出人意料的举动之类的，因此他觉得当上希梨香男友的人可真不容易。而且希梨香应该是那种一旦喜欢上对方就会一根筋走到底的类型，总之，希梨香这男孩子脾气确实让人吃不消。

太阳一边暗想着怎么会有希梨香这种穿迷你裙的"大男人"，一边觉得这样的她作为朋友倒还是不错的。

——没错没错，我就是没把她当女人，而且就算她现在就坐在我对面，我也没特别希望她的"事业线"能从花边衬衫的襟口里再多露一点出来。

森若小姐肯定不会穿这种款式的衣服吧——太阳如此心想道。

——她来"天堂咖啡"时穿的是海魂风的长款 T 恤。

——而且她也涂了指甲油，上面还画了玫瑰花，亮晶晶的很华丽，这就是她休息日的生活方式吗？

——至于胸部……感觉还挺有料的……虽说上围最丰满的是那位研究员——镜美月小姐。话说，镜美眉可真吓人，什么"森若，走了"啊，说话的风格跟当兵的一样。我们公司的女同事们好可怕啊。

"然后呢……喂，太阳，你在听吗？"

"听着呢。对了，希梨香，你从哪儿弄来森若小姐的手机号的？"

---

[1] 家庭餐厅指价格实惠、提供各年龄性别顾客都能接受的简餐的餐厅，内部装修一般以简洁温馨风与暖色调为主，可以同时供多人用餐。——译者注

太阳又不能交代自己其实光顾着看希梨香的胸部，都没听她在说什么，结果就毫无预兆地直奔主题了。

希梨香立刻沉默了下来。

她很明显是生气了，开始把生火腿色拉分成两份。

"果然是要聊森若姐。结果太阳也喜欢那种很有女人味的类型啊，我这样的女孩子就是吃亏。"

"不是你想的那样，森若小姐帮了我大忙。我把自己要用的泡澡粉装到镰本先生的车上去了，是森若小姐把镜小姐叫了过来，这才赶上了展示会的。你没听说吗？"

太阳说完，希梨香就眨巴着眼睛，说道：

"镰本先生说是他自己发现太阳你搞错了货，然后拼命赶上了展示会，还说太阳你现在还嫩着呢。"

"是吗？哎，随他去啦，总之是你把森若小姐的手机号码告诉我的，不过你也不是直接从她本人那里问来的吧？"太阳问道。

其实太阳是在差不多半年前得知了沙名子的手机号。

那时候他正坐在工位上，希梨香却靠过来问他想不想要沙名子的联络方式，他就边问号码边急匆匆地抓了桌上的圆珠笔，把内容都写在了随行笔记簿上。

这是因为年末联欢会上，太阳表现出了想和沙名子搞好关系的意图，结果希梨香把这件事记得很清楚。当时太阳还心想着幸好自己把这种想法表现出来了。

但既然被沙名子责问了，不给个答复也不行，否则她肯定觉得自己是个大混蛋。其实太阳现在特别想给沙名子跪下道歉，尽管自己并不是研究所的派遣制员工。

希梨香小心地把用芝麻菜和橄榄油炒制的意面卷到叉子上，答道：

"我怎么知道的，这无所谓吧？"

"哎呀，可是森若小姐很介意啊。你是从真夕那里问来的吗？"

其实太阳也只想得出这一种可能性。

所以他在和沙名子对话的时候也一下子就把真夕的名字给搬了出来。

不过沙名子好像不信。比起太阳，沙名子更加信任真夕。

希梨香吃完意大利面，用纸巾仔细地擦净嘴唇。

她又点了一杯酒，品了一下，然后抱起了胳膊——在双臂的夹击之下，她的"事业线"更深邃了。

"太阳，森若姐叫你把她的号码删掉是吗？"

"唉，是啊。"

"这就是叫你别再联络她了呗！"

"虽然我觉得她不是这个意思。"

"你删了吗？"

"所以说我就是想在删除之前问问你从哪儿弄来的嘛！"

太阳不禁大声说了出来。

但为了平息情绪，他又喝了啤酒——跟希梨香待在一块，自己也一会儿上火一会头疼的,真是累人。

沙名子说话的时候就是直击要点,不会闲扯,这一点真是和希梨香完全相反。太阳心想,要是她俩相互匀一匀就正正好好啦。

"嗯,差不多就是从真夕那里弄来的。"

"差不多个头哦,真夕才不会告诉你吧?"

"我和真夕一起吃午饭,中途她去了一下洗手间,我就把她的手机通讯录翻拍下来了。"

希梨香爽快地答道。

太阳张大了嘴。

"要是不这么做,我哪儿弄得到号码和邮箱地址啊。森若姐保密工作做得可好了,就连公司的联络册上都没她的联系方式。"

"你这不是偷窥吗?为什么要做这种事啊?"

"当然是因为你拜托我了啊!"

希梨香用叉子抄起一片生火腿,一口吃了下去。

她不解地偏了偏头,长长的银耳环也随之晃了几下。白天在公司的时候她的耳朵上可没这些饰品,大概是在更衣室里戴上的。

"太阳你其实明白的吧,所以才找我要号码。因为你知道如果是我的话,是会为你做到这一步的。不然你自己直接去问森若姐不就得了。明明是你自己担心会被森若姐拒绝在先,那现在就别来怪我呗。"

希梨香突然翻脸了。

太阳想要反驳,却把脸别开了。

其实他多少也有些猜到。希梨香和真夕关系很好，所以他确实期待着希梨香能想点办法帮他把沙名子的联系方式给偷过来。

太阳知道希梨香喜欢自己。

去年夏天，销售部举行犒劳大会，全部门一起去了主题乐园，那时候希梨香就一直黏着他。还有，希梨香在知道他和曾根崎梅莉相处融洽之后就说他中了对方的美人计。而春天那阵子，自己在公共浴场跑业务，她还追过来，在大庭广众之下抱着自己。此外，在义和说他俩是否在交往的时候，她还很开心地说"才没有——"。

希梨香是很可爱的女性——凡是喜欢他山田太阳的女性都是可爱的。

"如果你不喜欢我用这种方式，那删掉不就是了？我去跟森若姐说，是太阳拜托我偷看真夕的通讯录的。到时候不知道森若姐会怎么想呀。"

"不要说！"

要是被沙名子知道了，肯定会看不起自己的。

"可这就是事实嘛，除此之外我还有其他事情想告诉她呢。比如去年我和你两人约好出去，回来的路上顺便去了港区，一起吃了冰激凌。在公司的车里我问你能不能叫你'太阳'，你笑着跟我说可以。"

"这都什么跟什么啊，别去说啊，她会误会的！"

"误会什么？"

"我们明明只是去港区喘口气，休息一下的啊！"

"是吗——"

唔唔唔。

太阳放在餐桌上的两手紧握着，面前的肉酱都放凉结块了。

财务部的森若小姐。

留着中长发，发梢微微内卷；戴着腕表，表链细细的；并且，只会在休息日做带有玫瑰图案的美甲。

太阳是去后勤科好说歹说，才看到了员工花名册，才知道了沙名子的芳名。

森若沙名子。森、若、沙、名、子。沙名子，真是个好名字。和这位朴素但优秀的财务美人非常相配。

太阳不想让沙名子失望。他希望将有关沙名子联系方式的一切都归咎于希梨香自作主张的调查，而不是他自己的问题。

学校、人际圈子、打工、交友、女友、住所、公司，太阳在至今为止的人生里还没有什么强烈渴望得到的事物。"与其在大型企业当个底层人员，不如去中坚企业往上爬"的职业追求也是同理。他不会对"高岭之花"出手，他不想做"追求者"，而是想做"被追求者"。

沙名子并非"高岭之花"，但她也不喜欢太阳。

人生中，是会出现这种情况的啊。

"果然，我看起来像在生气，是吧？"太阳回想起了沙名子的话。

——其实，我只是担心如果你生气了我该怎么办，不过我并没有觉得你在生气。

——当时要是把心里话说清楚就好了。

——我不仅给她添了不必要的麻烦,还让她露出难过的表情,我真是最差劲的男人。

"我真的不行了,真糟糕,我的直觉失灵了!"

太阳在兼营酒吧的意大利式咖啡店里,苦恼地抱着头。

"你真是个笨蛋啊。"

希梨香低声喃喃道。

太阳抬起头来,希梨香却无视了他,开始吃剩下的意大利面。

她不知何时扣好了胸前的扣子,那条"事业线"也已经看不见了。

"对了,真夕,是你把我的手机号告诉希梨香的吗?"

沙名子在财务室里冲泡着自备的药草茶,顺便向真夕提问道。

她原本正在处理"天堂咖啡"项目的补充请款书,于是突然就想起了这件事。

离"天堂咖啡"的正式开业越来越近了,山田太阳四处奔忙,脚不沾地。

"我没有告诉她啊,虽然确实有人想知道。"

真夕把打印出来的文件放在面前,摁着计算器,边写数字边回答。

她戴着黑色的袖套,五颜六色的黏性便笺、便条纸还有荧光笔摊了一桌子,电脑旁还摆着星巴克的大杯子——这是她干劲满满的体现。

"有人想知道?"

"有啊，希梨香就一直说想找森若姐你谈谈，但因为她对太阳哥抱有期待，所以我觉得她跟你聊的时候会闹得不行。不过她马上就要结婚了，之后应该会收敛点吧。"

真夕答得很爽快。

"希梨香要结婚了吗？"

"是啊，对象是和她同届的大学校友，他俩在同学会还是什么聚会上遇上了，打得火热，对方很快就向她求婚了，现在好像已经同居了。我也很惊讶，这大概是所谓的桃花运来了，挡都挡不住吧。"

真夕一边喝着咖啡，一边点头。

沙名子大吃一惊，她还以为希梨香对太阳始终一心一意。

这份感情已经成为过去了吗？也就是说，她已经向前迈进了吗？

为此，沙名子对希梨香产生了敬意。

"我不会辞职的，就算有了宝宝也不辞职，因为工作让我感到很快乐。"

希梨香喝着用黑加仑利口酒和橙汁调制的饮品，开朗地说道。

沙名子就坐在希梨香和真夕对面，桌上的炸鸡、薯条堆成了小山，还有盛得满满的沙拉。

今天是工作日，此处又是供应有机蔬菜的自助餐厅，她俩却理所当然一般从油炸食品开始吃起。

以往沙名子只在公司的饮酒聚餐会上露脸，这还是头一次私下和

第 三 话 · 你是我的太阳！

她俩共进晚餐。

受到真夕的邀请时，沙名子罕见地同意赴约。就连她自己也不明白这是怎么回事。

"对方同意吗？"

真夕一边大口大口地吃着白香肠，一边提问。

"我家莲君说我想怎么做就怎么做，毕竟他很擅长做家务哦。"

希梨香掏出手机，展示着她未婚夫——莲君的照片。对方长着一张国字脸，戴眼镜，感觉是个很认真的人，看不出和希梨香同岁。

"啊，森若姐，你是不是觉得莲君的头发有点毛病？"

听希梨香这么说，沙名子有些慌神，解释道：

"没有这回事。"

"没关系啦，他以前就是这个样子，我们公司现在正开发生发剂嘛，如果可以我打算让他也用用。"

"就算男方没有头发也不碍事啊，温柔的性格才是最重要的。"

对视觉系乐队成员的长发相当痴迷的真夕说道。

"我和他在大学时代是同一个兴趣小组的，而且他也算是对我表白过啦，不过当时我没兴趣。结果这次久别重逢，居然情投意合，我也正好在空窗期，就和他交往了。"

"时机这东西真是不可思议啊。"

"是呢。"

听到真夕的说法，沙名子点点头，坦率地表示赞同。

所谓"时机",确实不可思议。若把时间比作湍急的长河,那么它这一路应该是跌宕多舛、百折千回的,时而水势受阻,时而水花飞溅,但正是因为这骤变的水流,方能产生"时机"。

所以跌宕多舛才比较好吗?顿悟之下,沙名子愕然了。

自己总是努力着,尽量保持时间之河的水流平稳、顺滑、清澈,可这种做法难道错了吗?就算有突破常规的事情发生,就算再也回不到原状也不要紧吗?难道希望将一切都维持在平衡状态,就会错失重要的"时机"吗?

"说到这个,希梨香和太阳哥的时机就老是对不上啊。"

"什么时机不时机的呀,其实从一开始就什么都没有。因为我太男孩子气了,别人老是不把我当女人,真是太吃亏了。不过像镰本先生那种不分轻重的人除外,他怎么看我都无所谓。"

"不分轻重是什么意思?"

听到沙名子这么问,希梨香和真夕稍稍交换了一下眼神。

"森若姐你还没注意到吗?总之要小心镰本先生啊。"

"他这人,有点恶心。"

居然连真夕也这么认为,沙名子有些吃惊。镰本先生哪里恶心了?他外貌平平,虽说有点怪脾气,不过也称不上变态、怪人。

真是的,要考虑的事情实在太多了。

真夕说要去拿点生春卷过来,便走开了,沙名子一边喝着热乌龙茶,一边慢慢吃着有机蔬菜棒。

她不太会吃自助餐，因为不像点餐制那样由店家安排好每道菜的分量，所以她也不知道各种菜品分别吃多少比较合适。就算别人对她说挑自己喜欢的吃就行了，可是在种类繁多的美食面前，她也不知道自己究竟喜欢什么。

　　"森若姐搞不好会喜欢上废柴男哦。"

　　希梨香也在吃蔬菜棒，吃着吃着却突然咕哝出这么一句话。

　　"不久之前也有人对我说过一样的话呢。"

　　"谁啊？这么大胆。"

　　"是在网上。我做了一个'喜欢哪种异性'的测试，结果显示我很有可能被那种类型吸引。"

　　"噗！"希梨香嘴里的萝卜条差点没喷出来，她赶紧闭上了嘴，"什么情况？森若姐你也会做这种测试吗？"

　　沙名子的脸有些泛红，喝了口乌龙茶，打算混过去。

　　"随便做做。"

　　"是吗？不过总觉得挺好的，这下我可稍微放心一点了。"

　　希梨香露出了安心的表情，从包里拿出了手机。

　　"不过啊，森若姐，我劝你还是别接近镰本先生。"

　　"为什么？"

　　"这个嘛，就是别接近比较好吧。"

　　希梨香架起了迷你裙下的双腿，开始单手操作手机。

　　"太阳他挺不错的，为人很温柔。事先声明，我和太阳之间真的什么都没有，那家伙还挺绅士的，而且绅士过头了，只会看看，从不出手，其实光看有什么用哦。"

"生春卷来啰——还有芝士，可乐饼[1]也刚刚炸好出锅，我就拿了一堆。森若姐你不喝点酒吗？"。

真夕回来了，希梨香却依然摆弄着手机，肯定是在往社交平台上发送新内容，不然就是在LINE上和未婚夫聊天。不过真夕却毫不介意，好像已经习以为常了。

"不喝了，明天还要上班的。"

沙名子答道，但她并没有说出真正的理由。其实她觉得要是现在喝了酒，自己或许会失言。

"森若姐，以后偶尔也和我们一起出来吃个饭吧，不过仅限于这半年内哦。等我结婚之后就没法很晚回家啦。"

"结婚可真好啊。"

真夕似乎是真心羡慕的，她边说边吃着炸得酥脆的土豆可乐饼。

和真夕、希梨香道别后，沙名子独自步行到了地铁站。

今天是突然被真夕约出去的，幸好在家提前准备好的晚餐食材不是鱼。

---

1 可乐饼是日式的炸肉饼，源自法语中的croquette（裹着面包糠的炸丸子）一词，一般是用白洋葱末、土豆泥、牛肉酱等混合搅拌均匀，捏成肉饼状，再裹上面包糠炸熟。——译者注

——把肉冻上，放到周末烤一下，顶上原计划要做的卷心菜肉卷。相应地，明天就做个炒蔬菜吧，本周内一定要把卷心菜吃完。

——而且差不多该整理衣服了。得把夏天的衣物配件都拿出来，然后把接下来穿不到的都收好并分成两类，一类是要留着的，之后送去干洗店，另一类是不再需要的，之后处理掉就好。

——手边还有租来的影碟，一部是《情人》，一部是《爱的战士彩虹侠》，可以在周五和周六的晚上观赏。

——夏日的假期就快到了，出去旅个游吧，去很远的地方。

月亮已经挂上了夜空，月光洒在了商务区的街道上。脚步声从柏油路上传来，那是跟高三公分的浅口皮鞋踏地时发出的声响。只见一位和沙名子一样穿着及膝裙子的女性和一位身穿西装、戴着眼镜的男士先后进入了地铁的出入口，就仿佛被吸入其中一般。

"森若小姐！"

沙名子抬起了头。

红绿灯正好由红转绿，于是她准备进站。

此时却看见太阳穿过横道线向她跑来。

"森若小姐！早上好！啊不对，晚上好！怎么这么巧，正好一起去喝杯茶呗！"

怎么可能是巧合。太阳的额头上全是汗珠，很明显是在等沙名子。

沙名子很好奇他是从哪里听说自己在这里的。希梨香告诉他的吗？

这么说来，在真夕统一付钱的时候，希梨香像是想起了什么似的在手机上戳戳点点。

"可我现在必须回家了。"

"是有事要忙吗？"

"这倒没有，只是现在已经很晚了。"

"那没关系啊，我送你回去就好。搞内部展示会的时候给你添了很大麻烦，我想向你道谢。"

沙名子轻轻瞥了一眼腕表——已经是这个时间了，地铁的班次会越来越少。

要是想道谢的话，在公司表达即可，太阳这人到底有多么公私不分啊。

沙名子暂时先不往地铁上赶了，转而面向太阳，说道：

"山田先生，展示会的事还请别放在心上，补充请款书已经获得公司批准了，而且回去之后我也久违地和美月聊了天，聊得很开心呢。"

"是吗，那就当作和展示会无关好了，我想请你喝杯茶。今晚你和希梨香她们吃饭了吧？那来一杯餐后咖啡如何？只要一小时，不对，三十分钟就够了，我们可以去'罗多伦'[1]坐坐，就在边上。"

"我原则上是不会和公司的同事私下外出的……"

"我知道。"太阳罕见地摆出了认真的表情，打断了沙名子的话，

---

[1] 罗多伦（Doutor）是日本著名连锁咖啡店，在日本拥有一千多家门店，随处可见且价格实惠，可谓日本的"国民咖啡"。——译者注

"所以我才觉得这一点对我而言是个机会。别看我这样,其实我也是鼓起了勇气才过来的,给你造成困扰了吗?"

"——啊?"

"森若小姐,你有男朋友吗?"

"哎?"

沙名子惊讶得直眨眼。

太阳是认真的,嘴边也没有笑意,凝视着沙名子,像是在观察她的反应。

这是怎么回事?

周围繁闹喧嚣,人来人往,而沙名子和太阳就在这一片人潮之中直直地看着对方。

"沙名子小姐。"太阳低声说道。

沙名子吓了一大跳。

这是她第一次被同事直呼芳名,不,不仅如此,这还是她第一次被家人以外的男性直呼芳名。

"沙名子小姐,我一直在想……"

"别……别说了。"

"沙名子小姐……"

"别说了!"

沙名子一个转身,逃离现场。

她直接冲进了地铁的出入口,沿着楼梯往地下跑去,穿过闸机口,钻进了正好进站经停的地铁。

——果然不行,我吃不消。

沙名子背靠着地铁的车门,伸手捂住胸口。

心跳声好大,怎么都静不下来,明明她并不喜欢山田。

——这种感觉到底是什么?

——我无法处理。什么"时机"不"时机"的,我不要了!如果人生之中会有这种遭遇,那就提前告诉我啊!

"森若姐请假了哦。"

太阳去了财务室,真夕一脸不耐烦地说道。

她的双手都戴着黑色的袖套,对着一堆打印文件摁计算器。可能是因为沙名子不在,她有些忙不过来。

沙名子的工位在真夕对面,办公桌上有一只笔架,里面插着各种笔,还有便条本、黏性便笺,以及合着的笔记本电脑。因为她很重视线上系统,不太使用纸笔进行人工计算,所以桌上的东西比勇太郎和真夕都少。

"请假了?带薪假吗?"

"她今早打电话过来说感冒了,昨天吃完饭的时候还完全看不出有生病的苗头啊,大概是空调开得太大了。森若姐几乎从不请假,所以我有点担心她。"

太阳回想昨晚的沙名子确实没什么异状,直到自己对她提起公司和展示会的事情。

他当时提议说"我们可以去'罗多伦'坐坐",其实是打算在尽可能降低沙名子戒心的情况下约她,可还是把她吓跑了。

而紧接着,她就感冒了……

她没事吧?太阳都想带上宝矿力[1]去探望她了。

——不过,我怎么能觉得她是因为我才不来上班的呢?是我想多了吧?

"太阳哥,你如果有发票要报销,那就提交给我,我暂时代办。"

"啊,好的——真夕啊,我想给森若小姐发个短信,问候一下病情,你觉得这合适吗?"

真夕沉默了,盯着太阳看了几秒,随后问道:

"你还没把森若姐的手机号删掉吗?"

"虽说是该删掉才对,但其实还没删——"

"那你发信息去问问她本人的意见呗。"

"真夕……"

要是真夕能给自己和沙名子做个中间人就好了,可是她没希梨香

---

[1] 宝矿力全名"宝矿力水特(Pocari Sweat)",是日本流行的电解质补充饮料,于1980年由日本大冢制药株式会社研发。它的成分与人体体液相近,能迅速补充人体流失的水分和电解质。因此对于发烧出汗的人而言也是很好的饮料。——译者注

那么容易说服，她很顽固，而且总觉得她越来越顽固了。

"唉，我说真的哦，森若姐是个非常好的人，你如果想追她就不要凭一时兴起做半吊子的事，然后又犯尿，请豁出去从正面进攻吧。"

——真夕你别说什么"豁出去"之类的话啊。

太阳在黏性便笺上留了言，然后把它贴在沙名子笔记本电脑的内侧。

"回来上班的时候，请联络我——山田太阳"

这字真是丑出了自己的风格——他心想着。不过他其实常常这么给沙名子留言。

不知沙名子看到这张便笺之后会是什么表情，太阳觉得很不安。可与此同时，他心中也产生了些许期待。

第四话 我刚才发错邮件了,删掉,勿看!

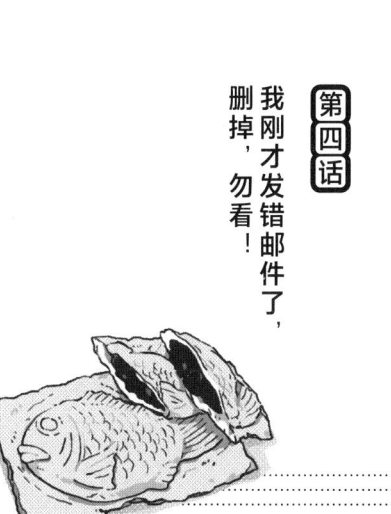

第四话 · 我刚才发错邮件了,删掉,勿看!

沙名子坐在沙发上阅读文库本小说,"金枪鱼"就在她身边,摊着毛色驳杂的肚皮,正呼呼大睡。

它是一只三花猫,而待在沙名子身旁另一侧的"小蚬贝"则是只黑猫,此刻它正在整理自己的一身皮毛。

它俩是一对混种猫姐妹,其中"金枪鱼"的体型更大一些,只要它往沙发上一睡,反倒是人类得缩着身子给它腾地方。

"哎?今天不是礼拜五吗?姐你休息?"

沙名子刚听到下楼的脚步声,就见弟弟龙真进到了客厅里来。

明明都快到中午了,龙真还是一张刚起床的脸。

"我请了带薪假,倒是你啊,龙真,不用去大学吗?"

"现在是考试期间嘛。但姐你难得回家,要是我今天没有打工的排班就好啦!你会待到晚上吗?"

这么说来,现在已经到了七月下旬。所幸奖金已经计算完毕,本月的账也结算完了。

沙名子是周四向公司请假然后回父母家的。她心想,反正这次都已经装病了,而且明天又是休息日,那么干脆直接在父母家待到周末吧。

她的父亲去公司了，母亲也刚出门打工。虽然她说了自己会下厨，但母亲还是提前为她做好了午饭并放进冰箱冷藏。

"我今天打算住在这里，明天回去，不然家里的卷心菜没人吃，会坏掉的。我要泡咖啡了，你喝吗？"

"我想喝咖啡欧蕾。"

"自己去弄。"

"那就咖啡吧。"

沙名子从沙发上站起来，原本靠在她身上的"小蚬贝"失去了支撑，"咕噜"地滚倒在沙发上，"喵呜"地叫了起来，仿佛心有不满。

沙名子被这可爱的模样逗得忍俊不禁。

她之所以回父母家，其实是来看望猫咪们的。毕竟"金枪鱼"和"小蚬贝"的饲主是沙名子，她有这份责任。

——就当是这么回事吧。

反正她绝不愿去想自己除了父母家也无处可去。

"姐我问你哦，你是在公司遇到问题了吗？"

"没有啊。"

龙真正把牛奶放到微波炉里加热，沙名子则在他边上，往咖啡机里放了两人份的咖啡豆。

咖啡豆是沙名子父亲喜欢的"混合摩卡"，等会儿要用来盛咖啡的"明顿"马克杯则是沙名子母亲的心头好。

其实母亲也问了沙名子是否在公司遇到问题——就在昨晚一起喝

茶的时候，非常轻描淡写地说了一句。

还有今早父亲临出门时，亦在玄关处对沙名子说："如果一个人住很辛苦，那就回家来吧。你不在的话，猫咪、龙真还有你妈妈都很寂寞。天天股份有限公司的确是一家不错的公司，但也会有让人感到疲乏的事啊。"当然，父亲在说这些话时，同样显得若无其事。

森若家的成员们感觉都很敏锐，而且温柔，但也因此会令人觉得有些沉重。

所以沙名子离开了父母家，就在去年秋天自己二十七岁生日的时候。

——爸爸老是唠叨个没完，叫我去银行工作，别在肥皂厂干了。

回想起来，求职已经是六年前的事了。

沙名子的求职经历其实并不怎么折腾，她早早便收到了地方银行的聘用意向通知，而随后天天股份有限公司的最终面试通知也来了，这令同一个研讨会的同学们都很是羡慕。大学的就业宣传杂志刊登了她的事迹，可即使被问及成功的秘诀，她也想不出到底有些什么。最多也就是推荐大家拍张证件照附在简历上会比较好。

银行按说是她的第一志愿，然而拿到聘用内定通知时，她却发现自己提不起什么兴趣。

她能轻易想象出自己的未来：工作内容就是在银行柜台上数钱，十年、二十年后也都是同样的打扮，一成不变，不会有任何创新成果。

——虽说现在的她也在公司做着类似的事。

不过公司研究所的田中秋子小姐原本同样是在地方银行工作的，但现在似乎很幸福的样子。看着这样的她，沙名子觉得自己大概只是想多了。

即使被家人问起是否遇到了问题，自己也没法向他们诉说实情。

她没法向家人坦白说收到了一位年纪比自己小的销售人员的告白，却不知如何是好，最终连公司都不敢去了。

不对，其实这所谓的"告白"也只是自己自以为是的理解。

因为太阳并没有明说。

沙名子将咖啡缓缓地倒入马克杯中。

不去公司可不行啊——她心想道。

人要是做了脱离常轨的事情，就注定会失败的。

沙名子会一口气歇到周日。连休四天真是太奢侈了。所以她计划着周四周五就回父母家住，彻底放空头脑；周六回到自己的住处，周日则做家务，恢复状态，等到下周一就能回到正轨，回到有条不紊的生活中去了。这才是她热爱的生活方式。

一直穿着同样的公司制服，在那间财务室里工作——这种生活又将持续到什么时候呢？十年后还是二十年后呢？

虽说自己确实向往有条不紊的状态，不过要是始终如此，也会令人心生恐惧。

要避免这种情况的话，找个恋人应该是条出路。不过一想到这一点，沙名子又觉得好麻烦。她不像希梨香那样期待着婚姻，而且恋爱本就没有"手段"可言,大概吧。

——要是人生也能和求职一样,有明确的目标和任务就好了。

沙名子端着杯子,回到了沙发上。

她调整了坐姿,保证自己既能看书,又不会惊扰到自家的两只猫咪。而"金枪鱼"打了一个大大的呵欠之后,开始将脑袋放在她的膝盖上蹭来蹭去。

时间到了周一早上的八点二十八分。

沙名子来到自己的工位上,刚打开笔记本电脑,一张粉色的黏性便笺纸便跃入眼帘,上面写着:

我在22日误把一封邮件发到了你的邮箱,如果你收到了它,希望能立刻删除。

※ 请不要看邮件的内容

总务部秘书科 有本玛莉娜

——是秘书科的留言吗?

便笺就贴在笔记本电脑的电源键上,而且还加上了一条透明胶带。沙名子在催促同事提交财务相关文件时也常用这种方法。

沙名子站定不动,盯着便笺看了一会儿。

她才没有希望看到山田太阳给她留什么信呢,要是留了才比较头疼。

她把加了牛奶的速溶咖啡放在办公桌上,启动了电脑。那部租来的老片《爱的战士彩虹侠》虽然不是电影而是连续剧,但格外有趣,结果她看入迷了,昨晚都没休息好,导致今天睡眠不足,要靠咖啡提神。

沙名子一边喝着咖啡,一边查收电子邮件。

尽管她有每天看邮箱的习惯,可毕竟休息了好几天,截至目前已经积攒了十多封未读邮件。

在将它们一一过目之前,沙名子先挑出有本玛莉娜发来的邮件,点击"删除",随即又去了"已删除"的文件夹中找到它,并将它彻底删去。

"早上好啊,森若姐,感冒好了吗?"

真夕身着公司制服进入了财务室,然后将包放在办公桌上。

她把手机塞入抽屉,又往自己的马克杯里加了速溶咖啡粉。既然她没有从便利店或咖啡店里买咖啡,可见本月繁忙的最高峰已经过去了。

"谢谢,已经没事了。我请假的几天里没发生什么问题吧?"

"有几笔入账和出账的业务,新发田部长还没盖章,因为金额挺大的。还有,策划科好像向勇哥那里提交了什么东西吧,像是便当费用之类的,反正都是些鸡毛蒜皮,结果勇哥因为工作一直被人打扰,都气疯了。"

"明白了,我来确认那些报销申请。"

沙名子浏览着邮件,做了必要的回复;而在她回信期间,勇太郎和新发田部长也都到岗了。

沙名子在线上把真夕和勇太郎上周代自己接收的工作一一确认。

销售部还是一如往常的交通费和会议费报销申请,总务部除了后勤科那些细碎的杂项采购,还有秘书科的杂项收入。

二十五万日元 天花太平温泉 门谷旅馆

款项后面没有附上汇款银行的名称,负责人是秘书科的有本玛莉娜。

"真夕,从有本小姐那里入账的杂项款是走现金的吗?"沙名子问真夕道。

"是的,现在正放在保险箱里,说是去年采购我们公司肥皂和泡澡粉的总金额,之前收到款项之后她却忘了,所以这么晚才交到财务部来。不过因为这家旅馆没有收录在客户目录里,还要拜托你把它添加进去,新建客户编号。"

"原来是这么回事,我明白了。"

"这金额还挺大的,要不先放一下,别急着处理了?"

"嗯嗯,这个数目的话没关系的,不是什么大问题。"

沙名子含糊地答道,毕竟人家都帮忙收下了,自己也不好多抱怨什么。

客户向天天股份有限公司支付款项时,与它们对接的公司部门都会对财务部提交开票申请,而且原则上来说客户是要通过银行进行转账支付的。

不过根据实际情况,也可能要由销售部提交以现金支付的相关申请,随后把交货单、请款告知书和发票都准备好,将这些单据与货品一起交付给对方,同时当场收取对方支付的现金。比如说,有些客户是小地方的温泉经营方,比起商业合作交易,他们更像是单纯地从"天天"这里购买大量的肥皂,所以会嫌麻烦而懒得花工夫去银行。像这种场合,公司便可能以现金的形式来收取货款。

虽说有些客户的采购金额很小,就算停止与他们的往来也不会妨碍公司的业绩,但天天股份有限公司就是靠各家温泉旅馆购买他们的肥皂而发展壮大的,因此作为公司创立者的円城家族并不想切断这份联系。

有时电视上播放温泉主题的特别节目,还能看见一些小地方的温泉旅馆至今仍在使用写有"天天肥皂"字样的旧椅子,这一点也令"天天"的创业者——円城家族非常自豪。

真夕打开保险箱,把放在信封里的二十五万日元取出来,交给沙名子。

——有本玛莉娜这交钱的时间点还真是够尴尬的。

玛莉娜最近应该没去九州出过差,不过沙名子也不是很了解高层的具体行动,毕竟这是一笔"特殊类业务"。

所谓"特殊类业务"就是指不经过销售部而直接把销量算在总务部头上的业务,且因这类业务追求的不是获利,因此往来金额也不大。

第 四 话 · 我刚才发错邮件了，删掉，勿看！

这家门谷旅馆在"天天"虽然没有专属的客户编号，不过它属于"天花太平温泉组合"，而沙名子对这个名字还是熟悉的。那是一处位于熊本县的小型温泉乡，历史悠久，在公司还被称之为"天天肥皂"的时代，两家之间便已相互往来，总之是对公司有恩的客户，所以由秘书科对其进行对接和维护，而非由销售部负责。

沙名子数好钱，又将它们放回信封中去，同时想起了今早那张便笺上的留言。

——是有本玛莉娜写的，叫我把她发来的邮件删除。

那封邮件或许和这笔进账有关，因为玛莉娜深得出任公司董事们的円城一家的信赖，应该知道很多公司外部的涉密信息。

"其实她没必要特地过来贴便笺纸呀！"沙名子心想道，"不用这么担心的，我对公司的八卦一点兴趣都没有，就算读了邮件，只要不是工作必需的内容，我也会很快就忘了它们。"

沙名子坐在银行的椅子上，排队等候办理业务，却看见玛莉娜正坐在银行的柜台前。

沙名子手里拿着一只透明的塑料文件袋，里面装有存折和待存的现金，其中当然也包括了玛莉娜之前交到财务部来的那二十五万日元。

玛莉娜此刻正在与女柜员对话，她看起来是那样美丽。

柔润亮泽的胡桃色秀发披在肩上，流畅的身体曲线从高腰西服裙的腰际起一路延伸到黑色细高跟鞋。她身穿的衬衫款式接近于无袖，极短的袖口上缀了花边，露出两条纤细修长的胳膊，简直就像是女演员在电视剧中出演的职场女性那般。

玛莉娜在担任秘书职务的同时亦是公司的宣传人员，有传言说她在通过社会招聘进入公司之前做过模特，也和宣传部一起接受过采访。

希梨香曾心有不甘地说过："有本玛莉娜才不是美女呢，只是给人一种美女的感觉罢了。她粉底涂得超厚，而且绝对是专柜牌子，根本就没在用'滋润天国'嘛！"

沙名子和玛莉娜之间只进行过工作方面的交流。

其实玛莉娜本就不怎么愿意跑财务室，就算财务人员已经在线上确认过她提交的申请了，她也不会把发票和打印出来的表单送过来；而一旦打电话过去催要，她便表示自己很忙，并叫财务人员去她那里自取。无奈只下，沙名子只能跑到秘书办公室去。

总之有本玛莉娜就是享受着特殊待遇。新发田部长本该提醒她这种做法不妥，不过凡事都要去和她理论也实在麻烦不过，结果似乎不知不觉就演变成了现在这样。而之所以在理由前加上一个"似乎"，则是因为沙名子从上一任同事手里接手这份工作时，财务部就已是如此对待玛莉娜了。

因为对方是个麻烦角色就给予特殊待遇——沙名子对这种做法很是反感。这就是所谓的"会哭的孩子有糖吃"，而老老实实的人却会吃亏。去一次秘书办公室确实算不上费事，但她认为这个问题早晚得纠正过来。

第 四 话 · 我刚才发错邮件了，删掉，勿看！

——虽然她也想过，明明已经在线上把申请处理完毕了，那为什么还要设"提交纸质表单"这么多此一举的环节。

对了，很可能是高层之中有人信不过电子数据系统。

他们还把温泉旅馆作为特殊业务对象，天天股份有限公司真是处处透着温情和道义。

"啊呀！"

在柜台上办完事的玛莉娜注意到了沙名子。

沙名子没有出声，只是略行一礼，玛莉娜则停下了离开的脚步，踌躇片刻后向沙名子走来。

"你好啊，你是那位——"

沙名子给了玛莉娜一点思考的时间，毕竟对方是位秘书，按说不可能忘记别人的长相和姓名。

"对了，你是财务部的人吧？"

"我姓森若。"

"啊没错没错，就是森若。"

玛莉娜坐在沙名子身边的空位上，将一条腿架上了另一条，仿佛在展示自己修长的双腿一般。

她是在扮演盛气凌人的美女秘书，所以非要摆架子压别人一头吗？还是不记得和自己对接的财务人员叫什么？不过要是真忘了别人的名字，那问题可就严重了。

"那个啊，你读了吗？我的——"

"你的邮件我已经删了,请放心。"

"哦。今天是工作日吧?你不用待在公司?"

——财务人员在工作时间出现在银行当然是为了工作啊!

玛莉娜似乎不太镇定,虽说以前沙名子也在银行见到过她,不过她可从没特地过来坐到沙名子边上。可能是对发错邮件一事心存介意吧。

"是的,很抱歉,上周的后半周我请假了,所以你提交的现金是由佐佐木真夕代收的。现在我正在办理入账。"

"哦,那就好,那姑娘怎么说呢,感觉很不可靠呀,像个小孩子似的。"

"没问题的,佐佐木小姐是名优秀的员工。不过如果可以的话,当收入金额超过十万日元时,我们还是希望请对方通过银行转账支付。这会很难办吗?"

"我听不懂你在说什么。"

"要是不行那问题也不大,只不过这家'门谷旅馆'是第一次交易的客户,所在地又是熊本,携带现金赶路容易出现金额上的误差,考虑到今后的业务往来,还请你发送相关的申请书过来。"

"现金是用挂号信寄来的,我总不能拒收对方支付的款项吧?"

"那么发票就由我们这边另寄了是吗?"

"没错。"

玛莉娜的神色微微不妙。

第四话 · 我刚才发错邮件了,删掉,勿看!

"明白了,那我就把对方登记为走现金的客户。"

"我说呀,森若小姐呀。"玛莉娜用哄小孩般的语气说道,"那个呢,人家我呢,是奉圆城社长的命令办事的哦,要和各方保持联络,对预约、支付、缴费的工作都做得很熟练。至于其他方面,就算你跟我说该这么做该那么做,我也是一头雾水的啊。秘书科和销售部又不一样,财务部在交接工作给你的时候没说清楚吗?"

"我明白了。"

银行柜台上的叫号灯亮起,轮到沙名子了。

她对玛莉娜欠身致意,随后离开座位,去柜台前把现金从透明的文件袋中取出,同时心想玛莉娜确实是个麻烦人物。

"哇——好厉害啊!希梨香你给我看看,给我看看嘛!"

下班后的更衣室里响起了真夕的声音。

"嘿嘿嘿,这是昨天收到的,而且之后作为纪念,我还和莲君一起去吃了法国料理呢。"

"钻石真是闪闪发光啊!"

沙名子正在把公司制服裙换成及膝的裙子,无意中瞥见希梨香的手。

只见她的左手无名指上戴着一枚订婚戒指,颇为醒目,让人老远就能看到。真夕还穿着制服,就在旁边盯着她的手一阵猛瞧。

更衣室里只有她们三人,在旧白炽灯的照射下,这枚刚买不久的钻石正熠熠生辉。

考虑到希梨香的性格，沙名子本以为她会挑选设计新潮而扎眼的款式，但事实却并非如此。这枚的戒指造型很古典，戒托看起来很简洁，材质是铂金的，表面处理得光泽柔润。或许是为了让钻戒"唱主角"，希梨香还罕见地穿了一条质地轻盈的黑色长款连衣裙。

"希梨香，你这身打扮很漂亮，和戒指也很相称，整体都非常适合你呀。"

沙名子说道。虽然她是头一次看到希梨香的订婚戒指，不过真心认为她的品位不错。

"真的吗？被森若姐夸了，我好开心啊！其实我在挑戒指的时候超级纠结的，因为想戴一辈子的嘛。"

希梨香笑逐颜开，而比起钻石，沙名子则更喜欢她此刻焕发出的容光。

"不过戴着戒指来公司可能有点危险，要小心保管好哦。"

希梨香是策划科的，需要参加各种会议，不太坐在工位上，因此沙名子担心她会不会把戒指随手落在某处。

虽然这只是一句无心的叮嘱，但希梨香还是用力点了点头表示赞同：

"是的是的，所以我今天是偷偷带过来的，而且一直把它锁在抽屉里。要是被有本这位女官知道了可不得了。"

"有本小姐吗？"

第四话 · 我刚才发错邮件了,删掉,勿看!

沙名子轻声嘀咕道。

为什么会突然冒出有本玛莉娜的尊姓?

"啊,森若姐,我不是那个意思啦。"

"哪个意思?"

"哎呀,研究所那位泽田先生和派遣制员工结婚那阵子,有本小姐的心情不是很恶劣吗?"

"有吗?我完全没注意到。"

"你和真夕一样迟钝,是不是财务室的位置太偏了啊?"

希梨香一边取出大大的化妆包一边说道,听语气似乎已经不对沙名子她俩抱任何希望了。

沙名子却觉得,与其说是自己和真夕太迟钝,倒不如说是希梨香太敏锐了。

"我们科呢,经常会和研究员们打交道,所以一下子就明白啦。泽田先生一来公司,有本小姐的态度就会明显改变,叫人家'泽田君',表现得不要太露骨哦。还会问'滋润天国'套装怎么样啦之类的,一副很了不起的样子,真是让人火大。你一个秘书就别对策划的事多嘴啊!不过泽田先生八成不喜欢那种浓妆女,毕竟他是'滋润天国'的开发者嘛。"

然而沙名子却觉得泽田先生的太太——派遣制员工由香,虽然乍看之下没有浓妆艳抹,可实际上应该也花了很多功夫打造自然风格的妆容。

她不太理解为什么希梨香戴着订婚戒指就会被有本小姐找麻烦，但还是知道她俩合不来，因为两人都很强势。

"森若姐，说到有本小姐啊，刚刚新发田部长找我问了她上周过来交钱的事。"

真夕挪到沙发上之后，似乎回想起了什么。

她脱下制服，换上宽松的短裤和衬衫，正用化妆棉沾着洁面爽肤水来卸妆，这款爽肤水当然也是"滋润天国"系列的。

"新发田部长？他怎么了？"

玛莉娜交来的钱已经存入银行了，发票也开好了，全程都是按常规来操作的。现金二十五万日元对个人收款来说虽然是个大数目，不过对应收账款的总额而言可真是微不足道了。

"我说有本小姐没做任何说明，我也完全没有头绪，就按常规处理，等森若姐你回来上班之后把这件事移交给你了。"

"欸？有本小姐亲自到财务室来了吗？不是我们去她那里收取的吗？"

沙名子问道。她对此有些在意，因为玛莉娜从不来财务室。

"是她来我们这边哦，真少见啊。她明明总是使唤森若姐，不对，明明总是说自己很忙，所以老叫我们过去。这下子倒好，虽然我原本可以说这笔款得等森若姐回来了再处理，不过别人都把现金带过来了，总不能不受理吧。"

"她这不就是挑森若姐不在的时候才来的嘛。"

第四话 · 我刚才发错邮件了,删掉,勿看!

希梨香说道。她正对着贴在锁柜门内侧的镜子仔细地描眼线,沙名子就站在她的左侧,被她无名指上的钻戒给晃到了眼。

"她好像讨厌我。"

"啊,有可能哦!感觉有本小姐不喜欢森若姐这种类型的人。"

沙名子本来只打算开个玩笑,可希梨香却回答得一脸自得。

"为什么?"

"你唤起了她的自卑感呗,不过没什么好在意的啦,森若姐你可比她漂亮多了。"

才没有这回事。秘书科本来就是红人扎堆的地方,而玛莉娜更是深得董事的喜爱,有什么好自卑的。

不过这样一来,她倒也弄清了一些事情。

原来玛莉娜是讨厌自己的啊,难怪在银行偶遇时,她那么有攻击性。

但沙名子没能说出口的是,她曾经也从希梨香那里感受到过同样的敌意。

"哎,真夕,她交了多少钱过来啊?"

希梨香拿着眼线笔,同时向真夕提问。

正在梳头发的真夕则若无其事地把视线瞥向远处。

"也没多少钱。"

她虽然性子直爽,不过在工作上嘴巴很紧。

"是从哪儿收来的款子呀?和社长幽会的温泉吗?有传言说玛莉

娜是社长的情人哦，两个人好像会打着工作的名头去泡温泉，而给那些温泉户的封口费就是把肥皂便宜卖给他们。"

"呃——是从哪儿收的来着？我忘了。"

"希梨香，你现在很幸福，就不用多操心别人的事啦。等会儿还要去和莲君见面吧？"

沙名子打住了希梨香的话头，不然真不知道她要挖苦到什么时候。就算没有外人在场，在公司的更衣室里讨论这种话题仍是危险过头了。

"嗯，这倒是。"

希梨香一听到未婚夫的名字，瞬间就老实了，随后继续化妆。

离开公司之后，沙名子注意到希梨香已经不再说那句"我很男孩子气"了，之前明明一直挂在嘴上的。

虽然她还是嘴巴不饶人，又喜欢八卦，但总觉得她哪里变了。

天还没黑，毕竟现在正值夏日。

快要下山的太阳很是耀眼，沙名子把手帕挡在额头前遮光。她穿着刚趁着打折买下的鱼嘴鞋，往地铁站走去，鞋跟在地面上踩出了脚步声。

"森若，有时间吗？"

过了一周，新发田部长在某天中午叫住了沙名子。

"有。"

"过来一下。"

第四话 · 我刚才发错邮件了，删掉，勿看！

走廊上有一间用于谈话接待的小房间，一出财务室就能看到。考虑到在部长的工位上说话会被别人听去，他便把沙名子带到了那间小房间里。

这种情况时有发生，一般都是在某些项目或请款中疑似出现大额的收支出入时，由部长找沙名子进行确认。而同样在财务室里的勇太郎和真夕对此已经习以为常，所以并不当它是回事，只管闷头工作。

最近，新发田部长似乎对沙名子负责的某项工作相当在意。

销售部的新业务——"天堂咖啡"的内部展示会举办得很成功，按说算是告一段落了。尽管在正式开业前还会来各种事，有待财务人员处理。

"和你确认一下啊，上礼拜秘书科给你发过邮件吗？"

沙名子没想到他是要问这个，在思考了几秒后回答道：

"噢，有的，不过是误发给我的。有本小姐上周一拜托我删除，于是我就照做了。"

"她直接来拜托你的吗？"

"她在我的电脑上贴了便笺留言，我感觉那封发错的邮件可能是私人邮件。大概是因为我上上周请假了，她没能联系上我，所以才这么做。"

"你没读内容吗？"

"没有。"

"那记得收件人是谁吗？"

"抱歉,因为她留言说'请不要看邮件的内容',我想她肯定很不想被人看到邮件里写了什么,所以连标题都没看就删了,而且还去'已删除'的文件夹里做了彻底删除。"

"那个便笺确实是有本小姐写的吗?"

"我觉得是,虽说我已经把便笺扔掉了,不过如果这是别人的笔迹,我想我应该会发现的。出什么问题了吗?要是我没有把便笺扔掉就好了呀。"

沙名子一边不紧不慢地回想自己上周的举动,一边答道。

玛莉娜最近也只给自己发过这一份邮件。

前几天希梨香在更衣室里的话突然在她脑中浮现。

"有传言说玛莉娜是社长的情人哦,两个人好像会打着工作的名头去泡温泉——"

——说得有鼻子有眼的……希望我这辈子都和这种事扯不上关系。

——如果那封邮件真是玛莉娜发给社长的私人邮件,那及早删除真是更加令我感到庆幸。

"是这样啊,我明白了,找你只是为了确认一下情况。森若你没有任何责任。"

新发田部长自言自语般地说道。

尽管沙名子不知道到底出了什么问题,也不知道新发田部长又是来确认什么事情的,不过现在的他似乎是松了一口气。

第四话 · 我刚才发错邮件了,删掉,勿看!

"我也这么认为,那我回去做事了。"

沙名子简短地说了两句便离开了。

"啊!森若姐!这边!"

刚走出小房间,沙名子就看见希梨香和真夕在走廊的一角向她招手。

希梨香穿着轻飘飘的迷你裙,真夕则身着公司制服,手里还拿着一叠发票,用回形针夹着,她肯定是对勇哥说要去一下后勤科办事才跑出来的。

走廊另一头就是后勤科,不过总觉得那边似乎比往常更吵。

继沙名子之后,新发田部长也从刚才谈话的小房间里走出来,站在了电梯厢前,不过一直等不来电梯,便改走楼梯往楼上去了。秘书办公室位于四楼,比财务室高一层,就在社长办公室旁边。

"森若姐,你们部长找你了?"

"也没什么重要的事,发生什么了吗?"

"有本秘书的事哦。你还记得我上周说过的话吗?或许是猜中了。"希梨香刻意压低了声音,对沙名子说,"你们部长好像是去四楼和总务部长沟通了,就是之前那笔温泉旅馆给的款子。后勤科的窗花姐端茶水过去时看到了,说他们正在开有本玛莉娜的批斗大会。"

"是财务出什么错了吗?"

沙名子问向真夕,声音也有些严肃了起来。

真夕慌忙摇头,希梨香插嘴道:

"不是财务部的错,是有本小姐有问题。她好像经常打着出差的幌子,去享受全国各地不太出名的小型温泉。你看,社长可喜欢泡温泉了,而且它们又算是'特殊类业务',这下她就能随意享受了。而她还相应从中收取各种好处——"

"哦,是这么回事啊。"

沙名子喃喃自语道。

也就是吃回扣、拿佣金之类的。

比如说,我方与卖方签订合同,向对方购买价值一百万日元的产品,而相应地,负责这笔采购的我方人员就能从对方那里得到十万日元;或者说,对方的负责人向我方负责人赠送一份点心礼盒,同时若无其事地往盒中塞入一包钱,之后对方不知为何就享受到了优惠。

沙名子其实并不太想往这方面去想,只是她在通用财务培训中听到过这样的例子。

像制造部门,因为采购金额巨大,所以勇太郎一直都盯得很紧。

可嫌疑人不是制造部人员或负责大客户的销售人员,而是一介秘书,这种情况就很罕见了。

"有本小姐从温泉旅馆那里拿钱了吗?"沙名子问希梨香。

沙名子认为自己作为负责人,即使对工作处理得当,但仍可能不够警觉,没有注意到背后的真相。

"细节我倒是不清楚,不过按窗花姐的说法,桌上好像放着天

第四话 · 我刚才发错邮件了,删掉,勿看!

花太平温泉的宣传册之类的东西。而有本小姐上上周突然往财务部交钱也奇怪得很。她连现金支付申请书都没有提交吧?那就真有可能是她把款子据为己有,之后眼看着可能会暴露,于是急急忙忙把钱给填上了。"

"这是希梨香你的猜测吗?还是看到过或者听说过什么呢?"

"嗯……非要说,也就是猜测吧。这段时间我和窗花姐她们一起吃午饭的时候,她们有聊起过这件事。你知道吗?有本小姐和窗花姐乍一看是很友好,但其实关系可差了。"

交恶之人的猜测,当不得准。

沙名子回想着秘书科至今为止的预算、决算以及玛莉娜提交过的经费报销申请。

主要都是交通费用和会议费用,此外也有过几次酒店、温泉,以及出差前往天花太平温泉的支出。因为天天股份有限公司的社长——现年六十八岁的圆城野洲马是真的喜欢旅行和泡温泉。

这些经费支出项目与内容是由总务部长负责审核的,所以沙名子不承担任何责任。

像是入账,玛莉娜办理起来也和前几天一样,都直接叫财务人员去拿现金,没有任何相关申请。这样的情况已经重复过好几次了,而且付款方也和这次一样,都是些小旅馆或者小地方的温泉经营者。玛莉娜很讨厌细致的工作,每逢遇到这种事情,就会直接打电话给沙名子,然后把必要的文件用邮件发送过去。还有在她嫌麻烦而不肯给出相关文件的复印件时，也是沙名子追着问她索要，或者自己去总务部查交货单的编号。

沙名子会把订货单、申请书以及发票的编号在线上系统中录入，就算有人要求她调出什么东西来，她也能立刻给到，每个文件夹亦都整理得十分周到、完美。

这么说来，可能还是去把那些资料全都确认一遍比较好。那么之后不管被问什么，自己都能答得上来。

沙名子走开了，在她经过电梯厅时，电梯厢的门也正好打开。

里面有三名身着西装的男性，分别是R2-D2、C-3PO……不不不，分别是营业部的吉村部长和自己部门的新发田部长。第三位男士则并非她料想中的社长，而是社长的公子円城格马——他同时也是公司董事会中最年轻的成员，此刻正摆着一副严肃的面孔。

狭小的厢内已经差不多满员了。沙名子看了看腕表，发现时间已近中午。既然男士们没有从电梯里出来，那么他们肯定是要边吃饭边开会了。

同时，沙名子还发现这万绿丛中有一点红，对方正是身穿粉红色套装的玛莉娜。

此刻电梯门虽然是打开了，但那位按下搭乘钮的年轻员工却被这阵容吓得畏畏缩缩。

这位年轻人说自己会坐下一部电梯，请各位高层先走，但格马却板着脸命令他一起上电梯来。

沙名子正打算穿过电梯厅走人,却听到有人喊住了她:

"森若小姐你太过分了,你明明说没看那封邮件!就是你去打小报告的对吧?我真没想到你是这种人!"

沙名子回过头去。

电梯厢中的玛莉娜攥着一块粉红色的手绢,哭丧着脸望向沙名子。结果同在电梯厢里的部长们也把视线转向了沙名子。

电梯门关上了。

沙名子在电梯厅里站了一会儿,背后传来希梨香一路小跑过来的脚步声。

——真是烦人啊。

"森若姐,出什么事了啊?'没看'又是什么意思?"

"不是什么大事,就是之前有本小姐误发了一封邮件给我。"

沙名子尽量轻描淡写地答道。

希梨香就如自己所料,是个好奇心旺盛的人。

真夕则站在希梨香身后,和她一起的还有不知跟玛莉娜关系是好是坏的后勤科员工窗花。窗花穿着长款半身裙,柔顺的波波头包裹着脸庞;而希梨香身着迷你裙,留着长发,整个人就是"轻快"的代名词,和窗花形成鲜明对比。

窗花好像是不穿制服主义者,虽说后勤科和财务部一样,应该是有配给制服的,不过穿或不穿则是个人自由。

"结果你就直接把那封邮件删了？难以置信，森若姐你真是错失良机啊！怎么就没先告诉我一下呢？"

希梨香差不多是在惨叫了。

"……错失良机？"

"要是我的话绝对会读的！因为很有趣啊，不是吗？搞不好可以掌握有本小姐的弱点哦！"

"希梨香啊，你就算心里是这么想的，嘴上也不能说出来啊。"

即便是沙名子，也忍不住责备了希梨香。毕竟这里既不是小酒馆，也不是只有女性职工聚集的更衣室。

"啊，对哦，其实在这一点上我也被莲君批评过呢，所以我必须得向森若姐你学习，说话的时候多注意一些。"

"可就算注意措辞，还是没法避免被人害怕或讨厌的局面啊。"

沙名子在心中默念道，她本人反倒是想向希梨香学习呢。

随后，希梨香又把声音压低，直截了当地说道：

"那封邮件可以恢复吗？"

站在希梨香身后窗花原本一直低垂着视线，可就在这一瞬间，她的双眼微微亮了起来。

制造部的铃木宇宙和销售部的山田太阳坐在沙名子的办公桌前，正盯着笔记本电脑的屏幕。

宇宙没有看键盘，而是用熟练的手势打开了沙名子的电子邮箱软

第四话 · 我刚才发错邮件了,删掉,勿看!

件,一边检查里头的信息一边点击着鼠标。

他是一位高个子的男士,年纪三十出头,由于平时都穿工装,领带对他而言似乎有些碍事。现在的他已经脱去西装外套,还把衬衫的袖管卷到了手肘以上。

宇宙其实是制造部的主任,所以其财务相关事宜并非由沙名子负责。他一般是待在"天天"位于静冈县的工厂里,今天碰巧有事来总部,可似乎一到公司就被希梨香给招呼过来了

然而,沙名子在意的并非这位铃木宇宙,而是太阳。

真没想到希梨香会连太阳都一起叫来。

虽然沙名子确实认为这应该是一封很重要的邮件,而且反正玛莉娜也坚信她已经读过了,那么如果能恢复数据,但做无妨。

太阳进入财务室时看到了沙名子,便对她轻轻地点了点头,沙名子也同样领首致意。

他一边看手机一边和宇宙商量方法,随后又紧盯着电脑屏幕。

沙名子倒也没有特别期待太阳会来找自己说话……

距离太阳约沙名子去喝咖啡的那晚,已经过去差不多半个月了。

在她请了两天假之后,太阳并没有来说什么,沙名子当然也不会主动去说什么。只是有时在路过销售部所在的楼层时,她会心想太阳在不在那里。

由于"天堂咖啡"项目暂告一段落,财务部难得没再处理过与它有关的事宜。

"那封邮件，应该可以恢复吧？"沙名子问道。

她对此其实没多大兴趣，只不过一味干等让她有些闲得无聊。

公司并没有向员工公布玛莉娜所受的处分，她还是和平常一样在秘书办公室上班。

"嗯，可以，这不是很难，不过我的方法只适用于部分电子邮件软件。"

宇宙的眼镜镜片薄薄的，此刻他正轻按着眼镜的边框作答道。他的身材虽然精瘦，但从挽起的袖口中露出的小臂肌肉却意外发达。

"原来是这样啊。"

"就算我现在把数据修复了，如果可以的话，我建议你更换一款邮箱软件。毕竟你电脑里还装了财务软件，从安全上来考虑，使用那些太主流的邮箱软件其实风险挺大的。因为它们很容易被破解。"

"我会考虑的，只不过不太清楚哪款邮箱软件比较好。"

"没事，我来给你推荐几款吧，只要你方便的话。哦，好像完成了，恢复了好多邮件啊，其中有你要找的那封吗？"

宇宙用手扶着眼镜，同时把椅子往后带，将屏幕前的位置腾给沙名子。

沙名子从旁边探出身子，凑过来看。

只有宇宙在讲话，而太阳不发一言，这样的场面让人觉得有些微妙。因为太阳是个话痨，平时连无关紧要的事都会说个没完。

——他果然是在躲着我吗？还是说，这只是我个人单方面的想法?

宇宙指给沙名子的文件夹里有好几封她曾删除过的邮件,她还有印象。而玛莉娜的邮件也混在其中。

"应该是这封。"

"太好了。"

宇宙似乎松了口气,露出了笑容。

"我很擅长摆弄这些,能派上用场真是太好了。"

"非常感谢你。"

"要是可以,邮箱软件怎么弄就由我来看着办吧,下次来总公司的时候带给你。"

"那就拜托了,虽然我不太擅长这方面的操作,不过我会试试看的。"

"不用劳森若小姐你动手,邮箱软件之类的我来设置就行——"

"铃木前辈,我打断下,咱们要不先确认下邮件内容?"

一旁的太阳插了一句话,同时整个人也在用力往前挤。

宇宙点击邮件,打开了它。

三人同时看向电脑屏幕。

空气中弥漫着一股说不清道不明的尴尬感。

"这是……啥?感谢信?"

"好像是呢。"

沙名子轻声说道。

宇宙和太阳都无意中得知了玛莉娜的这场风波。

"是真的吗？有本秘书是想为旅馆的老爷子筹措住院费才做那些事的？"

沙名子听到身后传来一个相当失望的声音，回头发现原来是希梨香站在那里。

"就是这么一回事吧。"

沙名子自言自语道。而新发田部长站在希梨香身边，也确认了邮件的内容，随后带着一脸索然无味的表情回到了自己的办公桌。

标题　Re：给您添麻烦了

天花太平温泉组合门谷旅馆角谷三郎先生：

非常感谢您特地发邮件过来，您太客气了。

关于我将款项延后交给公司的事，您完全不用放在心上。我们公司也一直受到角谷爷爷您的关照，如果您今后还会继续使用天天肥皂那就最好啦。

我一直都是爷爷您的伙伴，看到您恢复健康真是太好了。

如果还有其他问题我们可以一起商量呢，到时候请您务必联系我。

　　　　　　　天天股份有限公司　总务部秘书科　有本玛莉娜

>> 天天肥皂　有本玛莉娜小姐

>> 又到了绿树成荫的夏季了，您过得好吗？

>> 这次给您添麻烦了，关于我们旅馆购买肥皂的货款，您居然愿意等上半年之久，对此我真是感激不尽。

>> 现在我只担心有本小姐您在公司的处境。

>> 托您的福，我的身体已经恢复了健康。

……

"我是森若，可以进去吗？"

"请进。"

沙名子拿着装有文件的塑料夹，敲响了秘书办公室的门。

秘书办公室位于四楼，隔壁就是社长办公室。尽管玛莉娜在三楼的总务部也有办公桌，不过她总是待在秘书室。

此刻，她正坐在樫木色的桌前阅读文件。

"我刚刚接到你的电话，这是交通费用的报销单。"

"你来得可真快。"

沙名子把打印好的表单和发票递给玛莉娜，后者则用优雅的手势从金色的印章盒里取出了章子。

"你是部长吗？"沙名子盯着玛莉娜姿态优雅的美手，心中默默念道，"在研究怎么盖印之前，请先认真做好本职工作行吗？"因为在财务人员了解的范围内，玛莉娜的工作是负责打点董事及以上级别人物的出差事宜。

沙名子拿过发票，对她鞠了一躬。

正当她准备离开的时候，背后传来了玛莉娜的说话声：

"你果然看了那封邮件是吧？真是给我惹了好大的麻烦哟。托你的福，门谷旅馆的角谷爷爷都被牵扯进来了，你不觉得老人家很可怜吗？"

沙名子停下脚步，慢慢地回过头去。

"多亏了角谷三郎先生是位好人，明明没有做错事，却还特地发邮件来赔礼道歉。"

玛莉娜看着沙名子，神色稍稍有些露怯。

"啊，是这么回事啊，果然……"沙名子心想道。

玛莉娜之前私吞了门谷旅馆支付给天天股份有限公司的现金。

现在因为某些契机——估计是总务部长在核查交货单时发现有问题，这件事眼看着就要曝光了，于是她在门谷旅馆的经营者——角谷三郎老人的帮助之下，利用圆城社长注重人情的性格，获得了不予追究的处理结果。

"我听不懂你在说什么。"

玛莉娜勉勉强强挤出一句话，从语气中听得出她在硬撑。

这句话想必是她的口头禅。她会一边说着"我听不懂你在说什么"，一边微微昂起下巴。

她大概是个特别经不起批评的人，之所以不愿去总务部或财务室，也很可能是因为她胆小的本质。

"我也不明白，为什么门谷旅馆没有客户编号。可要说是新客户的话,那封邮件的内容在我看来是过于亲近了。"

"虽说是新客户,但既然对方要交住院费,我就对他说之后再付钱也没关系。反正没有规定付款时间。角谷先生是抱病经营,很不容易的啊。"

玛莉娜说着,似乎松了口气。

她深呼吸着,往皮制的椅背上靠去。涂满了唇蜜的嘴唇亮晶晶的。

"这件事我已经跟部长级别的领导们都说过了,他们了解详情之后我也放心了。现在款项也到位了吧?角谷爷爷说非常感谢我们能等他半年,还说我们真是一家很好的公司。我知道现在有各种谣言,不过你别被那些闲话影响了哦。"

"你不用对我说明。我从新发田部长那里听说,在我们给天花太平温泉出货的时候,已经把那里的旅馆全都打包到一起登记了,随后再一家一家分头收款。门谷旅馆的老板住院也是没有办法的事,所以你并没有申请修改出货单上的数量,事实上只是晚了半年去催款和收账,对吧。"

"是哟,这件事我当然向我们部长郑重道歉了,非常抱歉我擅自做了判断。不过为了保护角谷爷爷的尊严,我明明就打算保密的,但都是因为你才曝光了。我真心觉得你办了坏事。"

"都是因为我?"

"难道不是吗?"

玛莉娜说道,她就连对交货单和申请书的违规操作似乎都没有任何愧疚之心。

特殊类业务不知为何至今还以纸质文件为主，所以才能让她做这种事。

玛莉娜夸张地耸了耸肩，看起来就像是电视剧里的女演员一样。沙名子只在电视剧里和玛莉娜身上看到过这样的动作。

"哎，但到底是我把给角谷爷爷的回信误发到你的邮箱里了，所以这次就算了，要是你不看内容直接删除，那最多也只有我会挨骂，不用牵扯到角谷爷爷。"

"我之前就把邮件删除了，说出你和角谷先生有邮件往来的是你自己吧？"

"是吗？那大概也是因为高层追问得很紧，我不小心就说出来了。不过这无所谓吧？反正我又没有私吞公款，区区二十五万日元而已。"

"不是二十五万日元，总计有七十二万日元。"

玛莉娜看着沙名子。

"你什么意思？希望你不要乱说话。"

在沙名子开口之前，玛莉娜就抢先指着办公室的大门说道：

"我很忙的，不想多谈已经了结的事，但你这样对我和角谷爷爷都很失礼，我会告诉社长的。"

——还要告诉社长？你是小孩子吗？

不过有一说一，沙名子觉得这种什么都要告状的人正是最麻烦的。

其实，沙名子认为这个话题应该到此为止。这样一来什么都不会

第四话 · 我刚才发错邮件了,删掉,勿看!

改变,玛莉娜还是会和原来一样是一位耀眼又强势的美女秘书,而沙名子则继续是朴素的财务人员。

——即便玛莉娜向社长告状,那么会产生怎样的后果呢?而且说到底,她要跟社长告什么状呢?就说"那个财务部的女人欺负我,社长你快炒了她"吗?到时候我会被逼着辞职吗?

"我找角谷夫人确认过了。"

不过思虑过多也很麻烦,沙名子缓缓开口了。

玛莉娜皱起了眉头。

"角谷夫人?"

"是的,角谷先生的妻子正子夫人。他们夫妇俩好像事先统一过说法了,但夫人似乎并不知道角谷先生还为这件事给我们发过假邮件,于是便去查了账本,发现除了那二十五万日元,这五年下来还向我们公司支付了好几笔款项,都是现金,不过据说单笔金额这次是最高的。"

玛莉娜的眼神开始游移不定,随后突然扫过放在桌子一边的包。那是一只蓝绿色的名牌包,就连沙名子也知道这个品牌。

"我原以为社长可能也是知道这件事的,不过因为每次的金额都是几万日元,并不是什么大数目,加上角谷先生也是位很好的人,因为你非常关照他们,所以他也很中意你——总之夫人她就是这么说的。因此社长觉得你应该不会私吞公款。那么既然社长如此判断,其他人便也不会说什么了。"

"适可而止吧,你又没有证据!"

"角谷正子夫人用传真机把这五年来的发票都发来了，共计七十二万日元，这让我们财务部非常难办。收取现金固然可行，但与此同时，我们天天股份有限公司给出的发票上也必须有公司内部的流水号，和市面上卖的发票是不一样的。"

"这件事，你跟谁说过？"

玛莉娜紧盯着沙名子问道。

"谁都没说。"

秘书办公室里一阵沉默，只有空调运作时的嗡嗡声特别明显。

玛莉娜将视线从沙名子身上移开。

沉思片刻之后，她又抬起了脸，突然换上了一副笑脸，开口道：

"我说啊，森若小姐——"

"我想确认一下，你为什么选我？"

沙名子无视了玛莉娜的笑容，向她提问道。

"什么为什么？"

玛莉娜还是带着一丝笑意，同时非常警惕地打量着沙名子。

"为什么选我作为假装发错邮件的对象？"沙名子说道。

其实整件事里，沙名子最在意的正是此处。

理应在半年前收取的货款至今仍未到账，一旦被人发现，玛莉娜便将责任推给旅馆那方——这种"对策"沙名子尚可理解。

随后，为了给这个理由附上证据，玛莉娜拜托那位为人和善的角谷老板，请他发来邮件，就说是自己住院了，感谢玛莉娜的关心，同

第四话 · 我刚才发错邮件了，删掉，勿看！

时说明自己本来是打算按时付款的，现在虽然晚于预期，可还是把货款结清了。而在完成这一步之后，她便来财务室交钱——到这里，整件事就结了。

然而她还是写了回信，并假装发错，把邮件发给了沙名子。沙名子是真猜不透这一步的用意。

那封邮件，是玛莉娜故意发错的。

既然邮件里带了"Re"，即"回复"，那么系统会自动将邮件回发给发件人才对。要说是由于所谓的"手滑"而将沙名子加入发送对象列表也很不自然。

之后玛莉娜被部长他们责备时，肯定暗示过自己和角谷三郎互通过邮件，只是不小心误发给了沙名子。不然新发田部长没理由会来询问她。而即使如此，沙名子也没有说出邮件的具体内容，所以玛莉娜其实没有从电梯里把她叫住的必要。

沙名子认为，部长们在了解了这些事情之后，终于从玛莉娜的电脑里查到了邮件记录。

既然查明了玛莉娜和角谷三郎确实有互通邮件，那么整件事给人的感觉就完全变了，公司内部也很难对她进行严肃处理。毕竟她是因为顾及经营一家小温泉旅馆的老人才等了半年，虽说对公司隐瞒真相确实有错，但情有可原。

玛莉娜好像很喜欢耍这种心机。

可既然她在表面上维护着角谷三郎，同时又想要看似无意地表现出善心，那么误发邮件的对象可是要多少有多少。

总务部长也好、后勤科科长也好，都很合适；而要选一名和她本人没有关系的女同事的话，希梨香就是不错的人选——若是选了她，有关玛莉娜维护角谷先生名誉的八卦消息很快就会传遍公司了。

"当然是因为你的信誉很好啰。"玛莉娜说道。

她的口气里既有开门见山，也有破罐破摔，但还是带着想要对沙名子采取怀柔战术的感觉。

"我自己说出口很像是在撒谎啊，但如果是财务部的若森小姐说收到了这样的邮件，就算是部长应该也会相信吧？策划科的中岛希梨香就不可靠，邮件到了她手里说不定还会传出不好的谣言。或者也可能因为这是对我有利的事情，反而被她置之不理。后勤科的横山窗花又没什么力量。"玛莉娜面向一旁，自言自语般地又补充了几句，"谁知道你真没看邮件啊，只有这一点是我没算到。你如果看了邮件，然后在当天内就转给财务部长，那么根本就不会闹得这么大。"

"因为你留言叫我不要看，直接删除，所以我就照做了。"

"一般说来看到别人这么写，肯定会看邮件啊。我是说，一般情况下肯定会看的。毕竟是我这种女人的邮件。"

"我不会因为他人的性格就改变自己的做法。"

可实际上却是不得不变的。

沙名子重新把发票从塑料文件夹中取出，慢慢说道：

"只有今天，我还会来这里盖章。以后如果你在线上提交了申请，

第四话 · 我刚才发错邮件了,删掉,勿看!

还请亲自移步到财务室来走完后续流程。所有人都是这么做的,不可能只对你一个人采取特殊待遇。"

"你不会把我的事说出去?"

如赌气一般侧坐着的玛莉娜看向沙名子,问道。

"不会说的。"

因为沙名子认为说与不说,结果都一样。

经核算,至今为止的欠款总共七十二万日元。因为玛莉娜已经归还了二十五万日元,那么还有四十七万日元尚未曝光。

光凭这点金额,又不足以让玛莉娜辞职。而不管她是否辞职,公司的氛围都会变糟,这样一来沙名子的工作只会更难开展。况且又无法保证新的秘书会比玛莉娜好。

沙名子并没有多么热爱公司,所以她也没兴趣去揭发公司内发生的坏事。如果对四十七万日元睁只眼闭只眼,就能让玛莉娜今后老老实实把发票送到财务室来,那也很划算了。

玛莉娜明显放松了下来。

"我真是弄不明白了,你这人啊,到底是讲究公平还是不管公平。"

正要伸手握住门把手的沙名子回过身来,开口道:

"我并不在意公平。"

——我讲究的是平衡。

沙名子对玛莉娜鞠了一躬,随后离开秘书办公室,"啪嗒"地关上了门。

沙名子反手关上秘书办公室的门，深深吸了一口气，往茶水间走去。

她的手心里稍稍沁出了一些汗水，也许是玛莉娜那里的空调温度调得有些高。

不管怎样，和玛莉娜那种女人对话真是很累人。她总是对男性员工展现不必要的温柔，却对女性员工抱着不必要的攻击性，大概是能从中获取什么好处吧。

这次只是因为玛莉娜自己承认了所以才取得了成果，但自己还是做得过头了。

沙名子确实给角谷夫人打了电话以确认金额，但对方并没有把发票传真过来，反倒是非常担心玛莉娜的处境，在问是不是出什么事了。如果真闹出了问题，夫人搞不好还会和丈夫统一口径，一起站在玛莉娜那边。这下子可就真的抓不到证据了。

因为身为秘书的玛莉娜和小地方上的温泉经营者建立起了相当深厚的信赖关系。

角谷夫妇信不过银行转账，所以货款全都是通过现金寄送的方式支付的。玛莉娜就利用了这一点，收取现金后把市售的普通发票填完，寄了回去。

若是区区几万日元的肥皂，玛莉娜还是有处理权限的。但就因为她的行为一直没有败露，所以累积的数量逐渐增长，这次更是由于金

第四话 · 我刚才发错邮件了,删掉,勿看!

额过大,终于引起了总务部长的怀疑。

顺便说一句,"没有说出去"也是谎话。沙名子既然和玛莉娜谈过了,那不可能不向新发田部长汇报。只不过新发田部长应该会做出和她相同的判断。

等汇报完毕,这件事就彻底收场了。沙名子可以完全脱手。

——能够迅速发现员工个人的不正当行为并将之纠正,也是因为公司拥有所谓的"内部自净"能力。

沙名子如此想着,同时用天天肥皂仔细地洗手。

洗完后,她拿起塑料文件夹。

其中有玛莉娜盖章的发票,还有几个信封。

其实在去秘书办公室的时候,沙名子已经预料到了自己的心情八成会变糟,于是便向财务部其他同事说会顺便出去寄几封信。

她想到公司外头去喘口气,好让情绪稍微平复一些。像真夕那样,在回程时去便利店买杯咖啡也不错。

她走下楼梯,经过二楼时,听到有人叫她。

"森若小姐!"

这是太阳的声音,沙名子吓了一跳。

"森若小姐,你要去哪儿啊?我刚刚到财务室去了,不过你不在,我就回来了。"

太阳的态度又重新恢复成了半个月前的样子,非常开朗地说着话。

"我不在的时候,你把文件放在真夕或者勇哥那里就好了呀!"

"你果然是在躲着我啊。"

沙名子十分惊讶。

——他为什么这么说?

——明明是他躲着我吧?就算会到我所在的三楼来,也会偷偷看向财务室,却连招呼都不打一声。

——哪怕是在恢复邮件数据的那次,他也抱着至今从未有过的疏远感。

虽然沙名子也觉得自己当时逃开很对不住太阳。虽然她确实是这么想的。

可自己去道歉也于事无补,而且要是被他干脆爽朗地回答说"别多想啦",那得多尴尬。更何况明明就该是由他主动来道歉。

"我并没有躲着你啊,为什么要躲?"

沙名子用尽量平静的声调说道。

"因为你都没有联络我啊。我是认真的,之前给你留言'请联络我',还一直等着你,心想你应该会答复我的吧?可是像这样拖着不理真的让我很难受。要是你讨厌我,也希望你能明明白白地说出来。"

"什么联络?"

"便笺啊,我有贴着的,就在你的笔记本电脑内侧。"

"便笺又是怎么回事?"沙名子说道。

太阳闻言,瞪圆了眼睛。

"那个……我在你笔记本电脑的电源按键上贴了便笺,上面写了请你联络我。因为公司邮箱禁止发送私人信件,你也不许我发手机短信。而且我还在便笺上加了透明胶带,就怕它掉下来。那台电脑也只有森若小姐你会去打开吧?"

"别人是不会开,不过我休完假回来上班时,电脑上并没有山田先生的便笺呀。"

电脑上只贴了一张便笺而已。

是玛莉娜写的。

——有本玛莉娜……

沙名子第一次生玛莉娜的气。

——她想贴便笺,所以翻开了我的笔记本电脑,却看到已经有人占了先,按她那脾气,八成是毫不犹豫地就把别人的留言给撕掉了!

——绝对就是她,能想到的也只有她!

——那女人算什么嘛,丑女、浓妆、中看不中用、工作能力差、脑子不灵光,保不准还是社长的情人,老是打小算盘,还拿公司的钱去买很贵的包!

——不要干扰别人的人生啊,我明明一直都活得很努力!哪轮得到你乱来!

沙名子在心里把玛莉娜骂了个痛快。

"咦?怎么回事啊?是真的吗?"

太阳震惊了,不过他要是知道沙名子此刻的心声,一定会更加震惊的。

"是啊,那台电脑只有我在用,但在山田先生你给我留言之后,又有其他人过来贴了新的便笺,我想是那人在翻开我的电脑时把你的留言撕掉了。"

"咦——啊——哎?"

太阳受到了强烈的冲击,不过他看起来很高兴。

沙名子也产生了莫名的动摇,她继续往楼下走去。

"是这样的,我不会无视公司内的联络,不管是什么内容。要是我觉得这不可行也会直接说清楚。"

沙名子说完,只见太阳还处在震惊中。他慌慌张张地追着沙名子。

电梯厅里还有别人在,沙名子便往外走去,装作不知道太阳跟着自己。

外面是大晴天,夏天的太阳亮到晃眼。邮局就在公司往前走几十米的临街处

"唉,我真服了自己……原来是这么回事啊,我真是个彻头彻尾的蠢蛋!"

太阳赶了上来,和沙名子并肩前行,同时自说自话般地叨叨着。沙名子则有些许后悔,早知道就重新涂一下粉底了。

"我看起来像在躲着你吗?"

"像啊,不过那是我不好,自我意识过剩了,结果完全搞错了!"

第四话 · 我刚才发错邮件了,删掉,勿看!

太阳是个直爽的人,能说出沙名子绝对说不出口的话。

并肩行走时,沙名子意识到太阳的体格比自己认为的更加结实,身板非常厚实。

"我之前也说过的,我很想和森若小姐说说话,就我们俩。你看今晚你有空吗?不对,今天你是按时下班的,但我有工作,所以八点……唉,不行,不能让你等到那么晚,今天果然不行吧?"

"今天不行。"沙名子答道。

她已经安排好了晚餐,是前天做的炖猪肉,要是今天不吃完就要饿了。

时间宛如长河,若是没有波折,便只会笔直向前流淌。

沙名子的脑中"澎湃"地一声涌起了水花。

"但是下周可以,山田先生。"

垂头丧气的太阳又抬起了脸,双目像孩子般闪闪发亮。

"森若小姐,你下周有空对吗?"

他们已经到了邮局,沙名子将信封从塑料文件夹中取出,投入邮筒。信封掉入邮筒时发出了"啪啦啦"的声响。

"目前还不确定,不过要是山田先生知道自己哪天可以早下班的话,我想我应该可以调整工作安排。除了喝咖啡,吃晚饭也行,我都可以。"

——我为什么要用这么暧昧的方式说话呀?

沙名子对自己的发言感到惊恐。这岂不是让对方抱有期待吗?这算什么啊，这种话我是在哪里学来的？

——我才没有心跳加速！快恢复正常的表情，面对邮筒就好！

"好的！明白了！下周对吧！我会发短信给你的！周一会不会太早了点？"

太阳手忙脚乱地从口袋里掏出手机，沙名子看了他一眼，问道：

"还没有把我的联系方式删掉吗？"

"哇啊！现在还提这件事……是，我……是忘记删除了……就没删……果然还是该删除吧。那，我现在就删。啊，不过我之后怎么联系你？"

"算了。"

沙名子拿出了勇气。

其实她自己也不知道怎样才算妥当，怎样才算正确，所以就坦率地说出自己的想法吧。

"不用删了，我等你的短信，太阳先生。"

啊，居然叫他"太阳先生"。错了错了。这下可真是坦率过头了。

沙名子就地反思，不过太阳似乎还没注意到这一茬，只是高呼一声"我知道了！"就乐颠颠地往公司赶了。

——流势开始变了。应该是变了吧。这样的变化，我能处理好吗？

沙名子突然开始不安，便紧紧握住了文件夹的一边。

她的脸颊烧了起来，一定是因为这炎炎盛夏。

第四话 · 我刚才发错邮件了,删掉,勿看!

"森若姐,你今天卷头发了?"

真夕在工作时间突然说道,沙名子一惊。

"稍微卷了卷。"

沙名子装作扶正防蓝光眼镜的样子,碰了碰发梢。

她早上一般都会用卷发棒把发梢往内卷一下,但今天大概有点情绪过猛。

吃过午饭,阳光从窗口照射进来,新发田部长坐在自己的办公桌前,勇太郎正对着财务部的公共笔记本电脑,真夕手上还套着黑色的袖套,站在财务室一角的激光打印机旁,看着它把打印件吐出来。

真夕刚刚对沙名子说的话里似乎也没什么特别的用意,此刻她正一边望着自己做好的文件,一边略带感慨地自言自语道:

"把数字都对上的那一刻真是心情舒畅啊。我喜欢'平衡'这个词。在看财务账本的时候,发现左右相等,没有出入的时候,感觉简直太爽了。"

沙名子吓一跳,看向真夕。

勇太郎也抬起了头,就连新发田部长都往真夕那里瞧了过去。

"哎?你们都怎么了?"

真夕急急忙忙地轻声说道。

勇太郎立刻把视线收回,放到了电脑屏幕上。

"没什么。"

"真是的,要是我又干了什么奇怪的事,还请各位告诉我啦,森若姐,勇哥,你们都跟我讲嘛。"

沙名子并没有对真夕说过"平衡"这个词。

真夕进入财务部就快满一年了,虽然她不是那种细心缜密的人,但应该也和大家产生了同样的心态。

沙名子的心情有些复杂,便继续看向电脑屏幕。这时,她发现有一封新邮件。

发件人是新发田部长。

"是要谈玛莉娜的事吗?大家都在财务室,你叫我一声不就行了?"沙名子一边这么想着,一边点开了邮件。

标题:小礼物

小音音,你今天好吗?

现在在做什么呀?我工作结束之后立刻就去见你哟!

还会买好多好多小音音最稀饭的可颂鲷鱼烧哟![1]

附件里是一张不知从哪里弄来的鲷鱼烧照片,而收件人只有沙名

---

1 可颂(croissant)是一种法国经典面点,也是我们俗称的"羊角千层面包",表皮酥脆,内部柔韧;鲷鱼烧则是日本点心,将面糊注入鲷鱼形状的铁质容器中加热,再加入夹心,口感偏糯。可颂鲷鱼烧是将两种点心糅合在一起的创新做法,令口感兼具酥脆与软糯。而稀饭是指"喜欢",原文中的新发田部长用卖萌的口吻说着各种变音词。——译者注

子一个。

"……"

沙名子盯着屏幕不动。

——"小音音"是谁?

公司当然是禁止用工作邮箱收发私人信息的。

她往新发田部长那里看过去,但他好像还没意识到自己发错了邮件,依然端着那张面无表情的脸,手扶着眼镜阅读文件。

可能他刚才碰巧闲着,就在写邮件。可至于为什么会发给沙名子,大概是方才惊讶于真夕的发言,一时犯迷糊就把"发送"键给点了吧。

"新发田部长,这封邮件是发送给我的吗?"

思考了约两分钟后,沙名子还是发声了。

"咦?什么?"

他小声说着,皱起了眉,看向电脑。

"不,不是发给你的,我发错了。"

"好像是呢,那我删了哦。"

沙名子删除了邮件,随后继续工作。

但她发现新发田部长站在了她的背后,越过她的肩膀凑近来悄悄说道:

"声明一下,那封邮件是我打算发给女儿的,她才五岁。"

"明白了。"

今天是周一。

周一下午两点是财务部迎来一整周工作的起点。

沙名子和太阳约好了下午六点四十五分到距离公司约两站路的"罗多伦"咖啡碰面。那里好像离太阳推荐的日式料理店很近。

她瞟了一眼常戴着的那枚腕表，心想着可能没法尽早结束工作了。

眼下，她的心情非常微妙，既像是希望能尽快下班，又像是期待着眼前这一刻可以一直持续下去。

后记
真夕代班记

后记 · 真夕代班记

"唉，我说真的哦，森若姐是个非常好的人，你如果想追她就不要凭一时兴起做半吊子的事，然后又犯尿，请豁出去从正面进攻吧。"

真夕正对着太阳，公事公办般地说道。

太阳出现在财务室，看起来似乎带着些许负罪感。真夕本以为他是要在本月结账完毕之后才来申请报销，还产生了防备之心，不过似乎并非那么回事。

"这样吗……嗯，我明白了。"

太阳好像还想再说些什么，真夕却佯装不知继续工作了。

每月关账后的那几天会比平时稍微轻松一些，但因为尚未算完工资，所以还没法完全放松下来，更何况沙名子还请假了。

真夕比较小心谨慎，她来到财务部才过了十个月，所以没法像沙名子和勇太郎那样得心应手。

她本身是在进公司的第二年被分配到财务部来的，背后的原因现仍不明，不过或许是因为她太没用了，不能胜任宣传科的工作吧。

真夕当时如同中了诅咒一般，一边在脑中反复想着辞职，一边开始在财务室工作。多亏有沙名子在，才让她把哭着都对不上的数字给对上了，沙名子还想办法帮她掌握了完成这份工作的能力。

现在就算让她离开财务部回宣传科去,她也会拒绝的。虽然对财务工作还是会感到吃力,但这个日程安排井井有条,含带薪假日,还附带有小冰箱的财务部待起来实在舒适,令她难以割舍。

太阳还依依不舍地在沙名子的工位上找出便笺,写了些什么。

不发邮件而写留言,看来是私事呢。

真夕知道太阳喜欢沙名子,想约她出来;同时真夕也并不想给他们牵这个线,因为沙名子不喜欢这种兜圈子的做法。

其实真夕不太清楚沙名子喜欢什么样的男人,不过就算知道,她和太阳的交情也没有好到会向他透露这些情报。

"嗯——凡事有分寸可是我的人生信条啊。"

真夕一边在心中默念道,一边看向一张"拍立得"照片。她的办公桌上铺了一层厚厚的塑胶膜,照片就压在桌角处的胶膜下边。

照片上的人是亚力山卓,在真夕喜欢的乐队里担任主唱。他披散着紫色的头发,两手张开,仿佛在遮挡着什么。那戴了彩片的双瞳看起来很大,从指缝中还可以窥见他微笑着的红唇。这位主唱拥有罗马雕塑一般的美貌,不过当然是纯种的日本人。

至于像是"为什么要用意大利语的名字""他已经三十二岁了,以后的日子打算怎么过"之类的问题,是不该去想的。

反正对于他们那种赌上自己人生的坚持,不会感到震撼的人,也不可能喜欢上这种业余的视觉系乐队。

太阳神情微妙地写完便笺纸,随后翻开沙名子的笔记本电脑,将

后记 · 真夕代班记

它贴了上去,还非常谨慎地用上了透明胶带。

真夕有时会想,太阳和亚力山卓到底谁比较土一点,不过这个问题既不能问沙名子,也不能问希梨香。

"昨天,你和森若去哪儿了?"

在太阳离开财务室之后,新发田部长像是现在才反应过来似的提问道。

"我们去吃晚饭了。"

"这样啊。"

他在工作上很倚重沙名子,看沙名子难得在当天临时请假,难免会有些不安。

真夕手头的活计告一段落,她便在白板上写下"去邮局",带上信封和卡套后走开了。

其实她最近去买咖啡时都不带零钱了,直接用店里的充值卡支付。

先去邮局寄出付款通知书和发票,随后去一次银行——其实真夕每天都有诸如此类去公司附近办事的任务,哪怕回来得稍晚一些,新发田部长也并不追究,这倒是他的一大优点。

"真夕,今天森若姐休息吗?"

她下到二楼时,看到希梨香正和一位销售部的男同事站着说话。

是镰本义和。要是刚刚去搭电梯就好了——真夕心想道。

"嗯,她感冒了。"

"真罕见呢，我今天有会议上吃的盒饭要报销啊。"

"你把报销材料交给我或者勇哥就行了。"

希梨香好像还有话要说，肯定是想再多聊点沙名子的话题。

不过对于真夕而言，还是希望回避和镰本进行个人对话。像去年夏天，希梨香打算拉她一起建一个线上的聊天群，结果也因为这个理由而以失败告终。

"真夕妹妹，今天你也很可爱呢。"

"啊哈哈，谢谢你哈。"

"你要出去吗？我也一起去好吗？"

"你又开玩笑了。"

真夕适当应付着镰本，同时继续往楼下走去。

她去邮局寄完信，随后到就近的"迷你岛"便利店[1]买了咖啡。

第一次在因公外出期间买咖啡是真夕刚来财务部还没几周时候的事。

当时，她一不留神，把勇太郎录了几天的数据删除了，整个财务室的气氛几乎冷到了冰点。那一刻，是沙名子将信封和零钱塞到她手里，说道：

"真夕，请你到邮局把这些信寄出，然后带四杯咖啡回来吧。"

她当时应该是很害怕的。她想逃走。可是一旦逃避问题，她就真

1　迷你岛（Ministop）便利店是为日本永旺集团旗下连锁便利店，诞生于1980年。——译者注

的没救了。

她强忍着眼泪去买了咖啡,等回到财务室后,包括部长在内的四名成员分工合作,一起把数据重新录入了。勇太郎的情绪虽然还没有由阴转晴,不过也喝了她带回来的咖啡。

自那时起,外出时买一杯咖啡,就是真夕稍作喘息并且为自己加油的"仪式",提醒自己,面对工作要引以为戒,不能拖拉。

"你是财务部的人吗?"

当她拿着热咖啡回到公司时,只见电梯厅里正有一男一女。

——呜呃,是山田太阳和有本玛莉娜。好诡异的组合啊,果然刚才就该选择走楼梯呀。

"我问过太阳君了,他说森若小姐今天休息。"

——"太阳君",啧啧。

真夕有些感慨。希梨香曾告诉她说,玛莉娜在称呼比自己年轻的男性员工时会亲切地加上一个"君",看来这种说法是真的。不过她也是第一次直接从玛莉娜嘴里听到她这么叫人。下次她可想亲眼看看玛莉娜做出耸肩的动作,就像美国连续剧里常见的那样。

"是的,森若姐感冒请假了。"

"可是我有急事要找她。"

"交给我就可以了,请来一下财务室哦。"

话一出口,真夕就知道糟糕了。玛莉娜从不来财务室,虽然原因不详,但自己这下惹麻烦了。

唉，算了，要是她过来，自己就帮她处理事情，要是不来那就拉倒。

"听说森若小姐请假了？"

真夕要去一趟后勤科，便暂且把咖啡放在桌上。结果她人刚到，就听见秋子出声叫住了她。

"是研究所的田中姐啊。"真夕心想道。她平时很少有机会前往研究所，好在田中秋子有时会过来，她俩在工作电话中也有过交流，所以彼此间还挺熟悉。不过，秋子明明和沙名子一样态度和气，但却属于很难糊弄过去的那类人。

自己什么时候也能成为这样的人吗？就算成不了，那也该以此为目标吧？——在这一点上，真夕还没有想通。

"是的，你有款子要交过来吗？有的话先放在我这里就行啦。"

"没有没有，我今天是来后勤科办事的。不过有人托我带话给森若小姐，但不是工作上的事就是了。"

真夕脑中灵光一现。

"难不成是大谷咲小姐？就是之前在研究所做前台的那位。"

"你知道？"

"稍微知道一点吧。"

"这样啊。"

秋子微微笑开了。

"小咲现在在公共浴场工作嘛，而且她好像也会帮卖便当的老家

后记 · 真夕代班记

看看店。森若小姐似乎去她家买过便当,她就捎话过来,招呼森若小姐再去光顾呢。"

"我会告诉她的。对了,我稍微有些好奇啊……秋子姐你也收到小咲送的家常菜了吗?"

"收到了,是蚕豆拌菠菜,连我家人的份也有。"秋子则苦笑着答道。

"蚕豆拌菠菜,倒是很像秋子姐会吃的菜啊。"真夕小声嘟囔着。确实,秋子是个居家型的人,感觉会在家庭晚餐上准备凉拌小菜。

"我适合吃哪种菜啊?真想让小咲帮我选呀。"

"佐佐木小姐的话,是厚蛋烧吧?"

大概秋子也在琢磨小咲会给别人选什么菜。

"我要交一笔款子。"

正当真夕在确认后勤科提交上来的下月度支给数据时,玛莉娜来到了财务室。这下真夕可有点吃惊了,没想到对方真的会大驾光临。

"好的!"

玛莉娜把单据和二十五万日元一起拿了出来。

"是特殊类业务啊,好烦哦——"真夕心想着,同时开始清点钞票,打算就把这笔款子放着,等沙名子回来了再存入银行吧。

"这家客户好像没有编号欸?"

她一边确认单据一边说道,玛莉娜的眉毛跳了一下。

"是吗?因为是新客户,你能给编个号吗?"

"这种一般都是客户的直接负责人来做的啊。"

"谁做都无所谓吧？我又不是销售人员。"

"因为这是规定……我没法判断，必须得问问森若姐。总之，等森若姐确认之后才能请我们部长盖章。"

"你啊，森若小姐不在，就什么都做不成。"玛莉娜说道。

真夕闻言，有些心头火起。

"有本小姐，请你给客户进行编号。"

她难得赌气。

真夕用胶带把装了现金的信封给封好，并在封口部分写上日期和姓名，随后从部长那里拿来保险箱的钥匙，将信封放进了保险箱里。

本以为玛莉娜会马上离开，没想到对方却晃到了沙名子的工位上。

只见玛莉娜郑重其事地从衣袋中取出了什么东西，原来是张大大的黏性便笺纸，她似乎是在秘书办公室里就特地写好了的，而现在正盘算着把它贴在哪里。

真夕把保险箱的钥匙还给新发田部长，坐回自己的工位，准备喝咖啡。就在这时，内线电话响了。

"你好，这里是财务部。"

"森若在吗？"

来电者没有自报姓名，不过真夕很快就反应过来了。会直接称呼沙名子为"森若"的女性只有一位。

是"镜美眉"，也就是研究所的镜美月小姐。按希梨香的说法，对方和她一样,是因"男孩子气"而吃亏的小伙伴;而在镰本先生口中,美月则是个没有女性魅力的美人,并且是和森若一起进公司的。

"那个,森若姐今天请假了。"

"请假?"

玛莉娜翻开了沙名子的笔记本电脑,真夕一边瞟着她的举动,一边向美月回话:

"是的,如果有事,我可以转告给她。"

"倒没什么需要特地转告给她的。你喜欢温泉吗?"

"温泉?我喜欢!有时候还会泡一泡呢,因为我父母很爱去。"

这么说来,美月是从事泡澡粉研发工作的啊。

突然之间,玛莉娜像是生气了,"啪"的一声从沙名子的电脑上撕了什么东西下来,还把它揉成团往字纸篓里一扔。

咦?玛莉娜小姐不是去贴便笺的吗?我弄错了吗?她刚刚把什么扔了?

"这样吗?那我问你,你觉得草津、指宿、热海[1]这三个地方里头,哪家的温泉最主流?"

---

[1] 草津、指宿、热海是日本三个著名温泉景点。草津温泉位于日本滋贺县,别名"药出汤",以自然环境优美,疗效极高而著称,自古便作为治病健体的著名温泉而远近闻名;指宿温泉位于日本鹿儿岛,是九州具有代表性的温泉乡之一,是充满南国风情的温泉街,其中一处沙滩涌出的天然沙蒸温泉非常有名;热海温泉位于日本伊豆半岛,是著名的海滨温泉乡,依山傍海,风景秀丽,是日本第一大温泉疗养地。——译者注

美月说完，真夕有些慌张地重新把注意力集中到电话上。

"这个嘛……热海？"

美月稍微沉默了一会儿。

真夕心跳加速，担心自己是不是说错了话，是不是讲了什么能够左右"天堂洗浴"系列开发方向的话。

玛莉娜心满意足地离开了财务室，漂亮的翘臀在真夕面前晃过。

"好，我明白了，下次再联络。"

美月公事公办地说完便挂断了电话。

真夕"呼"地吁出一口气，把视线移至沙名子的办公桌。

沙名子的桌子无论何时看上去都是那么井井有条，右边笔架里的笔也好，旁边的便条本和黏性便笺也好，甚至连合上了的笔记本电脑都跟画出来的那样拥有笔直的线条。

等等——真夕心想道。

她总觉得好像发生了什么不好的事，觉得玛莉娜不该做这种事。而且这事就发生在不久之前，她当时还想好了不能把这事给忘了。

"森若小姐在吗？"

真夕凝视着沙名子的电脑，陷入了沉思，而与此同时后勤科的窗花也踏入了财务室。

"啊，森若姐今天请假休息，如果有票据要交就请放在我这里吧。"

——唉，算了。

——反正我就是那种得过且过的性子,不管怎样都没法成为完美的人啦。

新发田部长读着复杂难懂的文件,勇太郎则拿着厚厚的文件夹,急急忙忙地回来了。

在处理完窗花提交的需求后,真夕总算是喝上了一口咖啡,不过它已经凉了。

她心爱的亚力山卓主唱正在办公桌的一角对她微微笑着。

今天,天天股份有限公司的财务部门也十分和平。

KORE WA KEIHI DE OCHIMASEN! ~KEIRIBU NO MORIWAKASAN~
by Yuko Aoki
Copyright © Yuko Aoki 2016
All rights reserved.
First published in japan in 2016 by SHUEISHA Inc.,Tokyo.
This Simplified Chinese edition published by arrangement with SHUEISHA Inc.,Tokyo in care of Tuttle-Mori Agency,inc.,Tokyo through AMANN CO.,LTD.,Taipei

图书在版编目（CIP）数据

这个不可以报销.1, 财务部的森若小姐 /（日）青木祐子著；邢利颉译. -- 北京：台海出版社，2021.5
ISBN 978-7-5168-2943-1

Ⅰ.①这… Ⅱ.①青…②邢… Ⅲ.①长篇小说 – 日本 – 现代 Ⅳ.① I313.45

中国版本图书馆 CIP 数据核字 (2021) 第 060821 号

版权合同登记号　图字：01-2021-1624

这个不可以报销.1 财务部的森若小姐

著　者：[日]青木祐子	译　者：邢利颉
出版人：蔡　旭	封面绘制：uki
责任编辑：员晓博	封面设计：

出版发行　台海出版社
地　　址　北京市东城区景山东街 20 号　　邮政编码：100009
电　　话　010-64041652（发行、邮购）
传　　真　010-84045799（总编室）
网　　址　www.taimeng.org.cn/thcbs/default.htm
E – mail：thcbs@126.com

经　　销　全国各地新华书店
印　　刷　三河市嘉科万达彩色印刷有限公司
本书如有破损、缺页、装订错误，请与本社联系调换

开　本：	880 毫米 ×1230 毫米	1/32	
字　数：	176 千字	印　张：	7.25
版　次：	2021 年 5 月第 1 版	印　次：	2021 年 5 月第 1 次印刷
书　号：	978-7-5168-2943-1		

定　价：48.00 元

版权所有　　翻印必究